AF295475

Pontus Bergendahl

I fängelse för klimatet

Foto: Johan Klintberger

Förlag: BoD · Books on Demand, Östermalmstorg 1,

114 42 Stockholm, bod@bod.se

Tryck: Libri Plureos GmbH, Friedensallee 273,

22763 Hamburg, Tyskland

ISBN: 978-91-8080-898-9

Förord

Jag har försökt skriva en biografisk roman där jag håller mig så nära sanningen som möjligt. Vissa detaljer har jag nog glömt helt, ibland kommer jag säkert ihåg fel och jag har även tagit mig friheten att ibland ändra något på ordningen av händelser för att få ett tydligare flöde i boken. Min intention har dock varit att så ärligt som möjligt ge en inblick i den moderna klimatrörelsen genom min egen berättelse runt några veckor sommaren 2023.

Boken beskriver även de fel och brister jag har, både när det kommer till hur jag agerar i cellen och de tankar jag beskriver. Syftet med boken är att uppmana till reflektion, inte att vara en lärobok i aktivism. Att vara aktivist är en ständig förändring och förnyelse. Man utvecklas som individ och strategier, metoder och de sammankopplade samhällsförändringarna förändras och nyanseras ständigt. Så vill man fördjupa sig och lära känna motståndsrörelsen så rekommenderar jag att gå på ett möte. Träffa andra engagerade personer i rörelsen och byt tankar, känslor och erfarenheter. Du får så klart gärna kontakta mig direkt också.

Att berätta utifrån sina egna erfarenheter kan lätt bli navelskådande. Jag hoppas verkligen att jag har hållt mig borta från det. Individualismen är endast en illusion, den sociala väven är vårt skyddsnät när allt går åt helvete. Tankar och erfarenheter utvecklas kollektivt och handling föder handling. I dessa tider när nyliberalismens extrema individualism har nått sitt klimax skulle jag därför sist bara vilja utropa - **Organisera er och agera!**

Stort tack och all kärlek till mina döttrar Hedvig, Thea och Sigrid samt min fru Nilla. Jag hoppas att det i texten klart framträder vilken betydelse ni spelar. För övrigt är boken helt finansierad av min frus lön.

Jag vill även rikta ett speciellt tack till alla engagerade i Återställ Våtmarker. Motståndet är för det mesta ett hårt dagligt arbete med extremt knappa ekonomiska resurser. Framförallt vill jag tacka Core Team som har dragit ett stort lass när jag tog en paus för att skriva.

Sist ett tack till de som lagt tid att korrekturläsa texten och har lämnat värdefull återkoppling, däribland Jonas Lundström, Göran Christiansson, Johan Klintberger med flera.

Den stora sorgen

Värnamo polisstation, onsdagen 19:e juli 2023

Ståldörren stängs bakom mig och det rasslar till i låset när nyckeln vrids om. Jag vet att jag kommer att vara inlåst en längre tid denna gång. Återställ Våtmarker har varit ute och tältat på torvbrottet i Bredaryd, Värnamo kommun. I tre dagar har vi grävt igen diken i mossen för att återskapa den förstörda våtmarken. I förrgår när vi först blev gripna varnade polisen oss om att vi skulle bli anhållna om vi fortsatte. Trots det fortsatte alla att gå ut och gräva igen dikena för vi hade ett jobb att slutföra.

Det är tredje veckan vi är ute i Mellansverige och återställer olika torvbrott. Denna vecka skulle vi återställa Flymossen men hann bara täppa igen diken ordentligt på nordvästra delen innan polisen störde oss. Torvbrottet är på 160 hektar och genomkorsars av diken var 20:e meter för att dränera bort vattnet för att frilägga torven. Ju mer de bryter desto djupare grävs dikena. Trots att det varit torrt och varmt finns det mycket vatten i den omgivande mossen som rinner rakt ut via dräneringsdikena ner i de större krondikena. Det var otroligt tillfredsställande att med spade i handen återställa den livgivande vattennivån. Varje spadtag, varje plugg, bevarar den kolrika torven i marken och ger naturen en möjlighet att läka det gigantiska såret i landskapet. Långt från tyckande på sociala medier och ändlösa diskussioner om att någon borde göra något jobbade vi tillsammans för vår gemensamma framtid.

Jag fyller pappmuggen vid handfatet med vatten och tar en klunk. En doft av rengöringsmedel ligger kvar i cellen. Jag misstänker att vi nu kommer bli både anhållna, häktade och kanske blir vi sittande ända tills rättegången. När de kollar upp mig kommer de att se att jag är under prövotid från mitt fängelsestraff. Om de tycker att jag misskött mig så blir det fängelse igen. Det kan alltså ta månader innan jag är fri.

Jag vet att jag nu tagit ännu ett steg i en radikaliseringsprocess och staten har svarat på mina handlingar. Det är inte något jag planerat i detalj, det är mer av en process som drivs fram av sin egen kraft. Antalet nyhetsartiklar om översvämningar, skogsbränder, torka och extremvärme ökar hela tiden. Forskningsrapporterna blir bara värre och värre och den tid vi hade för att hantera hotet mot vår planet försvinner. Politiker och myndigheter svarar med total likgiltighet och genom deras passivitet ökar nu utsläppen i Sverige. Jag är väl medveten om varje steg jag tar och är noga genomtänkt inför varje handling men mitt agerande är bara en respons på den accelererande katastrofen och politikernas svek.

Jag vet hur aktivister i andra länder blir misshandlade, torterade och mördade. De kan vara inlåsta åratal utan rättegång. Jag är själv mycket privilegierad, jag riskerar inget ens i närheten. Polisen agerar lugnt och respektfullt och väktarna på stationen är vänliga och hjälpsamma. Jag är varken modig eller någon hjälte så för mig är det tillräckligt allvarligt att bli inlåst. Att göra något som ses som allvarligt kriminellt i samhällets ögon är skrämmande. Men det finns en sak som skrämmer mig mer. Hur länge kommer staten fortsätta sin dödliga politik och hur långt är jag egentligen själv beredd att gå i denna konflikt?

De starka lysrören fyller cellen med ett kallt ljus. Galonmadrassen på golvet i den i övrigt tomma cellen kommer att vara mitt hem ett tag nu. Det är så tyst att jag bara störs av ett svagt surrande från ventilationen. Ensamheten ger en mjuk närvaro och fyller mig med ett lugn. Jag har all tid i världen och inget att oroa mig för. Omvärlden är just nu inte mitt problem. Det ger mig en känsla av bekymmerslös frihet. Livet är helt plötsligt mycket enkelt. Det finns inget jag kan påverka och jag vet att mina vänner utanför tar hand om min packning och kontaktar min familj. De sitter troligtvis redan nu och planerar och mobiliserar för nästa aktionsvåg mot torvbrottet. Vi vet att styrkan i aktionen blir mycket större om man fortsätter när flera personer sitter inlåsta. Vi avskräcks inte av att bli gripna, vårt arbete är så mycket viktigare. Jag vet inget om detta just nu och kommer troligtvis inte få reda på en eventuell fortsättning av aktionen förrän långt senare. Så jag lägger mig ner på madrassen, sluter ögonen och slumrar till.

Jag tänker på när vi gick runt på det gigantiska torvbrottet mitt i skogen för några timmar sen. Den totalt sterila marken där de stora traktorerna hyvlar av lager efter lager. I en vända tar de upp 100 år av lagrat kol. Vi uppskattade själva mossen till flera tusen år gammal. All torv de tar upp hamnar som koldioxid i atmosfären inom några år och spär på den klimatkollaps vi nu ser. Jag tänker plötsligt på Stora Barriärrevet som redan är dömt att försvinna och jag blir både förbannad och ledsen. Vad fan har de för rätt att medvetet förstöra våra förutsättningar för liv på vår planet? Bröstet darrar av känslan av saknad, det blir svårt att andas och mina ögon börjar tåras. Jag drabbas än en gång av den stora mörka sorg som så länge har varit med mig. Den ligger där som en mörk filt över hela mitt liv. Då och då när jag minst anar det slår den mig med en kraft så stark att jag tappar andan. Jag hanterar det genom att torka tårarna och förtränga, ta ett djupt andetag och gå vidare. Viss förnekelse är nödvändig för att överleva.

Hur hamnade jag här? Lund 2018

Jag lutar mig mot väggen, studerar klottret i cellen och tänker på vilken soppa jag hamnat i. Ola, en dokumentärfilmare som har följt mig i min aktivism under några år återkommer alltid till samma fråga:

"Varför just du Pontus? Varför har du valt ett så radikalt annorlunda liv och valt att utsätta dig för alla dessa risker och allt obehag som aktivism innebär?"

Ibland svarar jag att jag bara gör det som är mest rationellt i den situation vi befinner oss i. Ibland tror jag det beror på att jag måste leva ett genuint liv, att inte leva i en livslögn utan handla efter min moraliska övertygelse. Men det svarar egentligen inte på frågan så oftast svarar jag med glimten i ögat:

"Jag vet inte. Det kanske är din uppgift att ta reda på?"

Jag vet att jag bara är en helt vanlig trebarnspappa som bor i ett radhus i Lund. Jag tänker tillbaka på känslan när jag cyklade till jobbet som mjukvaruchef för nu många år sedan. En låt på Spotify tog det att ta mig till jobbet. Vad jag minns var jag alltid förväntansfull och såg fram emot den konstruktiva vänliga gemenskapen. Den bästa stunden var morgonkaffet i kontorslandskapet där jag lyssnade på hur ingenjörerna löste matematiska och programmeringstekniska problem. Vi byggde en digital whiteboard från grunden och jag var ansvarig för mjukvaran och testningen. Formellt ansvarig, det vill säga. Det behövdes ingen chef så jag var mer initiativtagare, strateg, kommunikatör och främst någon form av underlättare. Tog de tråkiga mötena som de andra inte ville gå på. Som många andra småföretag jag jobbat på var vi bäst i världen på vår teknik. Det är enda möjligheten att överleva som litet bolag i en internationell värld. Är man inte stor så måste man vara bäst. Just nu är den stoltheten borta. Vem behöver ännu en meningslös pryl i en värld präglad av överkonsumtion?

På måndagarna var det scoutmöte. Alla tre döttrarna var aktiva i scouterna på olika nivåer och jag blev redan från början övertalad av min äldsta dotter Hedvig att bli ledare. Vi var en relativt ny scoutkår utan gamla traditioner så vi var inte speciellt proffsiga scouter. Men vi hade galet kul! De unga scouterna bestämde och vi vuxna ledare underlättade. Jag tänkte ofta att min roll i scouterna var samma som på jobbet. Låta folk vara, bara hjälpa till och dela skaparglädjen tillsammans.

När jag träffade gamla vänner jag inte sett på ett tag fick jag ofta frågan

"Har det hänt något på sistone?"

Mitt svar blev ofta: "Nej och det är precis så jag vill ha det."

De viktiga bitarna i pusslet var på plats. Ungarnas skolgång, våra jobb, ekonomin och vardagen fungerade. Jag levde mitt i livet och allt var perfekt. Det var inte så att vi levde ett tråkigt liv för vardagarna var fyllda med aktiviteter. Vi gick på teater och konserter, spelade brädspel på kvällarna och döttrarna utvecklades i skolan och hemma men inget var stort nog att berätta. Det känns nu som en svunnen tid och jag blir lite melankolisk när jag tänker tillbaka på denna lyckliga oskuldsfulla tid.

Klimatförändringarna hade alltid varit närvarande men inget som då angick mig mer än att vi i familjen försökte minska vårt klimatavtryck så gott vi kunde. Visst, vi flög en hel del men vi var vegetarianer och körde inte speciellt mycket bil. Klimatet kunde någon annan ta hand om. Jag hade själv fullt upp med vardagen och förresten skänkte vi 10 procent av våra löner till Effektiv Altruism, en organisation som fokuserar på att optimera välgörenhet.

När skogsbränderna rasade i Sverige 2018 började jag ana att något var riktigt, riktigt fel. Vi talade om det både på jobbet och hemma. Samtidigt gick en liten flicka ut i skolstrejk i Stockholm och talade rakt in i både hjärtat och förnuftet. Sakta ändrades min inställning från att någon annan borde lösa klimatförändringarna till att det angår mig och min familj i allra högsta grad. Problemet var viktigt och personligt men det handlade fortfarande bara om en inställning, en rationell slutsats.

En vecka innan jul sattes av en slump klimatfrågan på sin spets i vår familj. Jag och min fru Gunilla, eller Nilla som jag alltid kallar henne, hade varit och julhandlat på Triangeln köpcentrum i Malmö. På väg hem blev vi plötsligt stoppade av klimataktivister som bar ut en soffa mitt i vägen. Det gick inte att undvika att ta ställning. Med en kaka och ett flygblad i handen tittade vi på varandra.

"Vi borde vara där ute istället för att sitta här i bilen", sa vi i munnen på varandra.

Vad vi inte visste då var att det var Extinction Rebellion, XR's, första aktion i Malmö. Jag läste igenom flygbladet många gånger efter vi kom hem men med de våldsamma Karl den XII demonstrationerna i Lund på -90 talet i minnet var jag försiktig och avvaktande. Jag fortsatte därför med att gå på Fridays For Futures demonstrationer på Stortorget i Lund. På jobbet samlade vi varje fredag en liten grupp som gick ner till torget, köpte en falafel och diskuterade klimatförändringarna. Det var ett trevligt inslag i vardagen men det blev snart tydligt att det inte hade någon påverkan alls. Ibland såg jag politikerna smyga ut bakdörren för att undvika oss. När jag någon gång hann fråga dem om klimatet rusade de snabbt förbi och mumlande någon ursäkt om ett möte som de var sena till. Jag minns att jag blev förvånad, ledsen och besviken. Vad är poängen att stå här och demonstrera när de gör allt för att undvika oss. Förstår de inte att det är allvarligt?

Luckan i celldörren rasslar till, öppnas. Vakten kollar till mig varje timme för att se att jag mår bra och inte försöker ta livet av mig. De första timmarna sitter reflexen i att de vill mig något när jag ser ett ansikte i dörren. Jag rycker därför till och reser mig upp, beredd på ett samtal men luckan stängs innan jag hinner säga något. Jag lägger mig på madrassen igen och sluter mina ögon. Jag återvänder i tankarna till Lund där allt startade.

Extinction Rebellion, 2019

Under en av demonstrationerna på Stortorget i Lund såg jag en kille med ett stiliserat timglas på en knapp,

Extinction Rebellions symbol, som fångade min uppmärksamhet. Christian berättade att han var engagerad i rörelsen och nämnde att de dagen efter skulle ha en manifestation i Malmö. Jag pratade om det i familjen senare på kvällen och jag, Nilla och vår mellandotter Thea bestämde oss för att åka dit.

När vi kom till uppsamlingsplatsen visade det sig handla om en mycket stor aktion, kallad Flood the Streets, med flera hundra deltagare. Vi fick träning i fredlig civil olydnad i parken mitt emot stadsbiblioteket och sattes i en vängrupp. En vängrupp är en självstyrande aktionsgrupp om 7-8 personer. Vi hade inga planer på att göra något olagligt men det kändes lite kul att vara utbildad rebell. De andra i vängruppen talade om sin klimatsorg och klimatångest. Några hade läst boken "Klimatpsykologi" som beskriver att bästa botemedlet är att agera och göra något åt klimatkrisen. Jag är inte speciellt sentimentalt lagd och tyckte det räckte att jag rationellt har förstått problemet och att jag försöker agera därefter.

I demonstrationståget upp till Triangeln kändes det lite pinsamt så jag höll mig i mitten för att inte någon jag kände skulle se mig. Jag kommer ihåg med ett leende att jag då tyckte det var lite onödigt provocerande att sätta upp klisterlappar på lyktstolparna. Framme vid Triangeln där flera centrala vägar möts sattes blockader upp vid varje infart. På trottoaren betraktade jag hur organiserat och fredligt allt gick till. Jag blev både imponerad och kände en stark gemenskap med dessa sorgsna men beslutsamma människor. Trots att vi tre kort därefter avlägsnade oss för att gå på ett tidigare bokat 50-årskalas var det något som drog mig mot blockaderna. Som om jag hittat något jag saknat, en sorts kärleksfull tröst.

Dagarna efter såg jag en affisch med texten "Släpp allt! Åk till Berlin på Extinction Rebellions stora uppror". På en sekund bestämde jag mig för att åka. Det var som att någon annan tog beslutet och jag bara följde med. Jag lät mig ledas av mitt undermedvetna och tog ut en veckas semester. Förvånad satt jag ett par veckor senare på en buss till Berlin tillsammans med en massa okända rebeller. Situationen var helt otypiskt mig. Jag kastar mig aldrig in i något stort okänt utan att jag är säker på vad jag gör. Nu var jag allt ifrån säker men ändå kändes det helt rätt.

Första kvällen i Berlin slog vi tältläger på gräsmattan utanför Riksdagshuset. Efter att ha gått igenom formalia och delat upp oss i vängrupper delades speciella roller ut. När de ville ha personer som skulle kunna tänka sig låsa fast sig i blockaden så räckte jag direkt upp handen. Under en sekund försökte mitt rationella jag ångra mig men det var som jag var förstenad, oförmögen att sänka min hand. Ännu en gång hade jag tagit ett drastiskt steg utan att jag var medvetet med på beslutet.

När jag låg ensam i mitt tält den kvällen kände jag en absurd nästan komisk känsla. Här är jag i Berlin och känner ingen. Imorgon ska jag låsa fast mig i en blockad. Vad händer om jag måste gå på toaletten? Kommer polisen bli arg och skälla på mig? En oro började växa i mitt bröst. Vem är jag egentligen? Känner jag mig själv? Tomheten spred sig i det mörka tältet. Kan man bli mer ensam än när man inte ens kan lita på sig själv?

Klockan fem på morgonen fick jag ett metallrör och instruktioner om hur man via en vajer runt handleden klickar i en karbinhake i en stång mitt i metallröret. Det kallas för Lock-Ons eller Sleeping Dragons och bildar kedjor med människor med armarna instuckna i rör. Jag fick berättat för mig att det köper oss tid. För att få bort oss måste polisen såga upp röret för att komma åt karbinhaken och lösgöra aktivisten.

Aktionen gick bra. Polisen lät oss hållas. De retirerade till sina bilar och till trottoaren runt omkring. Vi lyckades göra om hela stora rondellen i Tiergarten till en plats för samtal, musik och utbildning. När jag gick runt och pratade med de andra hörde jag mer historier om sorgen över världens tillstånd och att vara just här var som en terapi. Att agera skapar hopp i en mörk värld. Jag förstod hur de kände men jag var själv helt tom på känslor. Jag var mer upptagen av mitt märkliga agerande.

Någon dag senare hade polisen bestämt sig för att plocka bort oss från rondellen. Poliser började samlas i grupper och fler och fler polispiketer började radas upp utanför. Vi ringde in fler folk från vårt läger och fyllde upp luckorna i blockaden. För att lugna ner situationen, de-eskalera, satte vi oss ner, sänkte rösterna och började sjunga istället för att ropa. När jag såg de uniformerade poliserna röra sig närmare och närmare blockaden insåg jag hopplösheten. Jag tänkte att det inte fanns en chans att vi skulle kunna behålla vår fredliga zon där vi för några dagar visat att en annan värld är möjlig. Då kom plötsligt tårarna. Jag tillhör den generation som tycker det är pinsamt att gråta offentligt. Att vara medelålders man gör inte saken bättre. Just där och då kände jag dock ett så starkt stöd från den kärleksfulla gemenskapen att jag kunde ta in och känna hela den djupa sorg som jag förträngt så länge. Med tårarna rinnande ner för mina kinder betraktade jag empatiskt mina medaktivister. Jag tänkte:

"Nu förstår jag er! Nu vet jag vad det handlar om."

Det är ingen intellektuell lek eller sakligt ställningstagande. Det handlar om utplåningen av allt som är vackert i världen, det urskillningslösa dödandet av allt liv. Insikten gick rakt in i hjärtat. Det är här jag skall sitta och polisen fick göra vad de ville. Jag brydde mig inte för det är precis det här jag måste göra.

Jag reser mig upp från madrassen i den vita cellen och högsommarsolen lyser genom fönstret men jag kan inte ana någon av de småländska skogarna som omger polisstationen. Det gör mig inget. Jag vill bara vara ensam här i cellen, samla tankarna och vila. Jag tänker på att sorgen alltid har funnits där längst inne. Jag minns när jag som liten fick höra om stora oljeutsläpp från grundstötta oljetankrar och nergrävda gifttunnor i Teckomatorp. För en liten pojke som visste att det var fel att kasta skräp i naturen och plåga insekter var det svårt att förstå att den stora förstörelsen och dödandet fick pågå. Med falska berättelser skapades en sköld som skydd mot den tidiga moraliska insikten. En sköld som utvecklades till en förnekelse av vad som egentligen pågår. Det gällde att förstå att samhället behöver olja och kemikalier. Det är en nödvändighet för vår tillväxt och då måste man offra vissa värden. Ett halvt sekel senare så vet jag att det inte behöver vara så.

Jag är helt säker på att jag inte åkt till Berlin om inte mitt omedvetna känt och agerat på den djupa sorgen. Vi behöver rationellt ta oss an klimatforskningen för att förstå den situation vi befinner oss i. Men det är känslorna som får oss att agera. Vi tar aldrig några större beslut baserat på endast logiska argument. Känslorna är alltid med och spelar en avgörande roll för att få till en förändring i beteendet.

Jag har träffat många människor som rationellt insett precis hur illa det är men som känslokalla robotar fortsätter sitt liv som vanligt. Som om klimatfrågan endast är en intressant intellektuell diskussion. I Lund finns det gott om akademiker som är tränade och skolade att objektivt analysera situationer och dra de rätta slutsatserna. Jag minns alla dessa långa diskussioner med biologer, geologer, ingenjörer och humanekologer där det är som att trampa vatten. Vi håller med varandra om situationen och hur vi bör agera som samhälle men sen är det slut. Det är som att det räcker med att tycka rätt, att ha förstått och valt att stå på den goda sidan. Att man också måste agera möts av en tyst förvåning, som om jag pratar ett annat språk.

I sorgen finner jag motivationen till att agera. Jag måste vara helt genuin och ärlig för att motivera mig till de jobbiga saker jag gör. Jag kommer inte längre låta någon förnekelse styra mitt liv. Insikten om den fruktansvärda situationen och sorgen som följer i dess spår är nödvändig. Priset att ta till sig katastrofen på alla plan är att man måste lära sig leva med smärtan. Vi har alla olika sätt att hantera våra känslor inför den situation vi befinner oss i. Jag har själv aldrig haft några depressioner eller några längre tider av nedstämdhet. Jag faller som alla andra ibland ner i den mörka hopplösheten men finner alltid vägen tillbaka till glädjen i livet. En spelkväll med familjen eller en lång skogspromenad gör livet värt att leva. Mitt pris är att jag vet att sorgen alltid finns där och dyker upp när som helst som en blixt från en klar himmel. Mitt i en presentation kan jag helt plötsligt tappa rösten och bli helt tyst. Jag blir tvungen att ta några sekunders paus för att kontrollera tårarna i ögonen. Det är som att jag är skadad för livet, ett handikapp som jag måste lära mig hantera.

Tygelsjöanstalten 2023

Det är inte första gången jag sitter inlåst längre än bara några timmar. I januari, för ett halvår sedan, satt jag i fängelse på Tygelsjöanstalten strax söder om Malmö. Jag hade fått två månader för att ha stoppat flygplan och stängt ner Ängelholms flygplats några gånger.

Jag minns tillbaka till tiden i fängelset i februari 2023. Jag satt vid fönstret i fikarummet med en kopp kaffe, mina böcker, papper och penna. Runt omkring mig var några medfångar klädda i samma gråa mjukiskläder och spelade Fia med knuff. De övriga var ute och jobbade i verkstaden. I fängelset är det obligatoriskt arbete som gäller och jag hade blivit tilldelad ett jobb på snickeriet. Eftersom jag redan hade en bra sysselsättning med att läsa och skriva höll jag mig undan allt tvångsarbete. Vi hade en tyst överenskommelse och vakterna lät mig sitta kvar i fikarummet. En god vän till mig hade skickat in Lisa Röstlunds bok Skogslandet. När jag läste om skogsbolagens ofattbara förödelse av våra skogar kom plötsligt en förtvivlan över mig igen. Jag tittade koncentrerat rakt fram och blinkade bort tårarna. Fängelse är inte ett bra ställe att gråta. Såg någon min sårbarhet eller trodde de bara att jag tog en tankepaus från boken? Jag fick ta många pauser innan jag hade tagit mig igenom boken. Med tiden i det fikarummet blev jag bättre och bättre på att känna igen tecknen när sorgen slår till. När det behövs kan jag samla mig och rida ut vågen för att vid ett bättre tillfälle bli hel genom att konfrontera sorgen. Den kvällen gick jag 22 varv på motionsstigen innanför avspärrningen.

Här i cellen är jag ensam och kan landa i min sorg. Jag tänker på klimatpsykologen och min vän Paulas ord: "Det är inte farligt att vara ledsen." Just nu är känslan mer melankolisk. En sorglig betraktelse av en värld som är förstörd när den kunde ha varit så mycket bättre.

Frihet utan ansvar

Värnamo polisstation, onsdagen 19:e juli 2023

Jag blir medveten om min begränsade verklighet och tittar mig nöjt runt omkring. Jag lever här och nu bland de kala klottrade väggarna i en cell på polisstationen. Genom fönstret kan man ana en gräsmatta utanför och i cellen finns endast madrassen direkt på golvet. Man får bara ha en tröja och kalsonger i cellen och det är inte säkert man får en filt. Förra gången satt vi alla och frös i sju timmar. Denna gång har jag förberett mig. I morse satte jag endast på mig långärmad underställströja och långkalsonger under mina jeans och jacka för att ha det lite varmare när de strippar mig på kläder. Det är fortfarande kallt men ligger jag still på samma ställe så håller jag värmen.

När vakten tittar till mig på sin runda frågar jag snabbt:

"Skulle jag kunna få en filt? Era celler är så kalla."

"Jag kommer snart med en", svarar han.

Både vakten och jag vet att jag troligtvis kommer att bli anhållen så det är inte längre något slöseri med tvätt att ge mig en filt. Jag kryper ihop på min madrass och mår nu riktigt, riktigt bra. Hela kroppen känns mjuk och varm. Jag dåsar mellan vakenhet och sömn och jag vet inte vad som är dagdrömmande eller riktiga drömmar länge. Jag tänker på första gången jag blev satt i cell.

Köpenhamn 2020

Hösten 2020 åkte Extinction Rebellion Skåne över till Köpenhamn för att stödja vår danska systerorganisation XR Danmark i deras aktionsvecka. Det hade inte gått som planerat, polisen hade varit snabb att upplösa våra blockader innan de fått effekt och uppmärksamhet. Som en sista kraftsamling hade vi organiserat oss i grupper med en utsedd koordinator i varje grupp som utgjorde huvudkoordinatörer i en egen grupp. Det är ett effektivt sätt att organisera stora aktioner på ett demokratiskt sätt som har rötter tillbaka till Spanska inbördeskriget men togs upp av kärnkraftsmotståndare på 70-talet. Vårt mål var att stänga ner Industrins hus, vid hörnet mot Tivoli, som fungerar som en lobbyorganisation för fossilindustrin mot den danska regeringen. Som avledningsmanöver skulle hälften av vängrupperna blockera H.C. Andersens Boulevard mellan Tivoli och Rådhusplatsen. När vägblockaden sattes smög jag med ett 10 tal vängrupper upp söderifrån mot vårt mål. Poliserna var redan på plats vid blockaden så vi fick snabbt limma våra handflator mot dörrar och fönster för att inte bli avlägsnade för snabbt. Därefter tog vi fram sprayburkar med vattenlöslig kalkfärg och sprayade ner hela fasaden med budskap och slagord för att avslöja deras smutsiga arbete. Sen var det bara att vänta. Sjunga lite sånger, hålla tal och småprata med min fastlimmade granne. Elvin, en 20-årig aktivist jag lärt känna tidigare, diskuterade med sin lillasyster Sara en bit bort om hon skulle limma sig och riskera att bli inlåst. Det var en av de mest konstruktiva och respektfulla samtal jag någonsin hört. De möttes i känslor och saklig fakta i ett mycket svårt beslut. Inte denna gång, bestämde sig Sara till slut och flyttade sig när polisen beordrade oss från platsen.

Efter en timme lyckades polisen med aceton att lösgöra min hand från glasdörren. Jag handfängslades och leddes framför förvånade Köpenhamnsbor in i en polisbuss. Jag minns fortfarande oron när jag satt i den fönsterlösa cellen i bussen. Vad händer nu? Jag är bara en vanlig trebarnspappa, mellanchef, och är inte van vid våldsamma situationer. Poliserna som grep mig var sakliga och korrekta men knappast öppna för småprat eller skämt.

Inne på stationen var häktespersonalen annorlunda. Jag var helt plötsligt inne på deras kontor en vanlig vardag. Det dracks kaffe, det skämtades och folk gick med papper i händerna. För dem var det rutinarbete och de kunde inte veta att denna situation kändes så främmande för mig. Inskrivningsarbetet gick smidigt. Jag berättade att jag kom från Rådhusplatsen och vi hade en trevlig diskussion om civil olydnad och klimatet. Därefter leddes jag fram till en cell och visiterades.

Dörren stängdes med en metallisk klang. Jag såg mig runt i det rum som skulle vara min tillvaro i förhoppningsvis endast några timmar. Cellen var tillräckligt ren för att det skulle vara drägligt. När jag la mig på madrassen kände jag att adrenalinet från aktionen och gripandet började lämna min kropp. Sakta men säkert ersätts oron med en meditativ stillhet. Jag hade ingen vilja att röra en endaste muskel i min kropp. Bara ligga helt stilla och njuta av det mentala och kroppsliga lugn jag då kände, ensam i cellen. I min

slumrande tillvaro kände jag plötsligt en stark frihets-
känsla. Det finns ingen annan plats i världen jag vill vara
just nu. Jag tänkte igenom de texter som XR Danmark hade
skickat om hur det danska folket luras av grönmålade re-
klamkampanjer från den danska industrin och en stolthet
växte i mitt bröst. Mitt agerande var helt rimligt och i pro-
portion till den klimatkatastrof vi befinner oss i.

Isolerad kände jag att tid och rum inte längre existe-
rade. I cellen fanns det ingen klocka och jag hade läst på om
att man skall intala sig att man suttit mycket kortare tid än
man tror för att inte bli rastlös och besviken. Så när vakten
till slut låste upp dörren och sa att det är dags att gå vak-
nade jag med en förvåning. Jag hade egentligen ingen lust
att lämna cellen. Jag ville bara vara kvar i min slumrande
icke-existens ett tag till

Jag leddes fram till receptionen och de tog fram lådor
med mina kläder och saker jag hade haft med mig. Vigsel-
ringen låg i en speciell plastficka och jag överlämnade en
papperstulpan jag tillverkat av ett informationsblad jag fått
i cellen. Jag satte på mina kläder och tackade för det trevliga
bemötandet.

På vägen ut nämnde vakten att det finns ett gäng som
väntar på mig. Jag önskade honom en trevlig kväll och
mötte därefter mina vänner med en stor kram. De hade du-
kat upp med mat och fika. De berättade för mig om all upp-
märksamhet aktionen hade fått. Vi diskuterade olika age-
randen och händelser från dagen samt vad som hade hänt
med de övriga som blev gripna. Alla var släppta, alla
mådde bra och var nöjda.

Värnamo polisstation, onsdagen den 19:e juli

Jag är tillbaka i nuet och får en impuls att bli uppdaterad över skeendet efter gripandet i torvbrottet. Jag vill kolla upp flödet i sociala medier för att se vad som hänt med mina vänner men inser att jag är fullständigt isolerad. Ingen telefon, inga tidningar, ingen radio eller TV. Första dagarna i denna digitala detox är det vanligt att jag vanemässigt famlar efter telefonen för att hålla mig uppdaterad. Ovetskapen om min omvärld gör mig nu fri. Jag kan låta tankarna flyga fritt och hitta vägar de inte har möjlighet att hitta i den stressande världen utanför. Det känns ironiskt att det konstanta spektaklet av filmer, bilder, budskap och meddelanden som systemet skapar och lever av nu är brutet för mig, den sociala centralmakten har gjort en temporär reträtt och därmed visat sin svaghet. Som medberoende av det digitala skräpet är jag tacksam för denna oplanerade gåva. Här i cellen i Värnamo har jag nu tid och ett lugn att utforska mina känslor och låta mina tankar vandra.

Mina tankar går än en gång tillbaka till fängelsetiden för ett halvår sen. Där kunde jag ta en längre paus från aktivismen. Efter första tiden av oro och rädsla fick jag ordning på rutinerna. Staten och jag hade kommit till en överenskommelse. Jag höll mig borta från flygplatsernas landningsbanor och staten försåg mig med tre mål mat om dagen, tvättservice och gratis gym. Jag var på retreat, en temporär reträtt från aktivismen, där jag vilade, motionerade, samlade kraft och utvecklade framtida aktivism genom att läsa, skriva, tänka och inte minst känna. Det fanns inget tvång, samarbetet var där och då ömsesidigt mellan mig och systemet vilket gjorde livet mycket enkelt. Vi människor är skapta för att samarbeta.

Några dagar in på min fängelsevistelse var jag på väg tillbaka till min cell efter att ha bytt lakan och kläder på tvätteriet. Då drabbades jag av en plötslig eufori och skrattade tyst för mig själv i morgonsolen. Jag insåg att jag var på helt rätt plats och jag gör nytta varje sekund. Jag gör nytta när jag går mellan tvätteriet och cellen, jag gör nytta när jag äter och ja, jag gör faktiskt nytta till och med när jag sover. Jag var ett bevis på att man inte behöver acceptera att drivas mot civilisationens stup. Jag skapade ett hopp till alla som vet hur illa det är ställt men har fastnat i en förlamande passivitet. Vi kan bygga ett motstånd tillsammans för att skapa förändring.

Fängelset gjorde mig fri från lydnaden till ett orättfärdigt system som dödar oss. Straffet förvandlas till en frihet över att jag överkommit min egen rädsla inför statens ultimata tvångsmetod. Murarna vänds ut och in, det är alla utanför som är ofria och tvingade att acceptera riskerna med den globala upphettningen. Jag har precis samma känsla av frihet nu här i cellen på polisstationen i Värnamo. Jag accepterar inte politikernas dödsprojekt och min olydnad är ett bevis på det.

Samtal, dialog och förhör

Luckan i dörren öppnas så jag kan se ansiktet på vakten. Jag sätter mig yrvaket upp.

"Hoppas du inte somnat. Det är dags för förhör", säger vakten.

"Vill du ha en advokat närvarande vid förhöret?" frågar en polis som också syns i luckan.

"Nej, det går bra utan", svarar jag medan jag gnider mig i ögonen.

Dörren öppnas och de två står och väntar på mig. Jag rättar till mitt underställ, går ut och följer efter polisen.

"Skulle jag kunna få en kaffe innan vi startar förhöret", frågar jag.

Jag brukar alltid ta varje tillfälle att *hacka* polisstationen, häktet eller fängelset. Sakta bygga om strukturerna. Kanske få det att likna ett vandrarhem eller ett hotell genom att agera som en kund istället för en fånge. Jag brukar inkludera poliser och väktare genom att ge dem små uppgifter. Vid gripandet har jag provat att säga: "Skulle du kunna vika ihop och ta med banderollen där borta?" Det fungerar förvånande ofta. Jag tror alla i grunden vill hjälpa till och inbjudan till fysiskt deltagande inkluderar människor och bryter ner polariseringen.

Tygelsjöanstalten, vintern 2023

Jag minns tillbaka till min tid i fängelset igen. Första lunchen var makaroner med en vit sås. Jag frågade damen om såsen var vegansk och fick svaret:

"Du äter vad vi serverar och du har bara rätt att få vegetarisk mat här."

Jag svarade med ett leende: "Tack, jag hoppar över såsen idag."

Jag hade hamnat i ett dilemma redan första dagen. Min inställning till fängelset hade från början varit att samarbeta och lydigt acceptera alla regler och förordningar för att få en lugn retreat. Nu hade vi helt plötsligt en konflikt som jag var tvungen att hantera. Jag hade inte förväntat mig detta problem och tillbaka i cellen funderade jag oroligt på hur jag skulle kunna lösa situationen. Det var helt omöjligt att vika ner mig och börja äta mjölk och ägg men samtidigt ville jag inte bråka. Jag valde att göra ett undantag och använda det enda tillgängliga verktyget i ett fängelse - olydnad. Varje dag frågade jag om innehållet och tackade nej till att äta animalier. Efter några dagar serverades kokta potatis, dillsås och vegoschnitzel. Innan hon hann sleva upp såsen på mina potatisar sa jag snabbt:

"Ingen sås till mig, tack."

Hon svarade då kort: "Den är havrebaserad."

Jag svarade med ett leende: "Då tar jag gärna en skopa av den goda såsen."

Jag hade ställt in mig på att fortsätta min matvägran hela fängelsetiden så jag blev positivt överraskad att omställningen hade gått smidigare och snabbare än vad jag hade föreställt mig. Ordningen var återställd och samarbetet fungerade igen. Steg efter steg spred sig det veganska köket och det lagades därefter flera veganska måltider till alla på hela fängelset.

Förhör, Värnamo polisstation

I förhörsrummet sitter nu två poliser i övre medelåldern mittemot mig, något överviktiga. Jag undrar om de sitter på kontoret hela dagarna eller om de också är ute på patrull. Trevliga och sociala verkar de i alla fall vara. Jag smuttar på mitt nyvunna kaffe i pappersmuggen och bestämmer mig för att prata om varför jag var i torvbrottet och grävde igen diken. Vanligtvis brukar jag säga att jag kommer att svara "Ingen kommentar." på alla frågor. I Återställ Våtmarker är vi alltid öppna med vad vi gör och vi står alltid för våra handlingar men innan rättegång är man i ett kunskapsunderläge. Man vet aldrig vilka åtalspunkter eller vilka bevis som kommer att hållas mot en. Jag har flera gånger sett poliser vid vittnesbåset få frågan från åklagaren om de minns något från händelsen och svarat:

"Nej, det var för över ett år sedan så jag kommer inte ihåg detaljer från just den här händelsen. Men jag skrev ett protokoll efter händelsen som jag kan redogöra för."

När polisen läser upp vad som står i protokollet visar det sig många gånger att det inte stämmer överens med vad som verkligen hände. Det kan handla om att polisen har blandat ihop personer, platser eller det kronologiska händelseförloppet. På så sätt får åklagaren en trovärdig men felaktig vittnesredogörelse samtidigt som polisen inte riskerar att begå mened. Jag tror inte att någon gör det här medvetet för att luras men effekten blir att det är många oskyldigt dömda klimataktivister i svenska rättegångar. Därför är det ofta bättre att spara sin redogörelse till en eventuell rättegång.

Idag är jag dock på gott humör och känner mig trygg och grundad i vad jag gjorde så jag tar en chans och experimenterar lite med poliserna. Se hur de reagerar.

Jag talar i en och en halv timme om världens tillstånd, torvbrottens klimatpåverkan, det politiska haveriet samt varför fredlig civil olydnad är en grundläggande del av västerländsk demokrati. När de läser upp anteckningarna från förhöret så förstår jag att de lyssnat på vad jag sa. Jag är nöjd med vetskapen att min redogörelse kommer att läsas av åklagaren och att jag kan hänvisa till den i rättegången.

Jag tackar för kaffet och önskar dem en trevlig kväll. På vägen tillbaka till cellen berättar polisen att han förstår vår frustration och frågar:

"Men varför använder ni inte lagliga metoder istället? Då hade ni sluppit sitta här inne nu."

Jag svarar: "Vi har gjort allt vi kan de senaste 30 åren och inget har hjälpt. Politikerna låtsas som vi inte finns, vi utesluts från alla typer av klimatsamtal, namninsamlingar röstas ner och förslag kompromissas sönder. Samtidigt fortsätter utsläppen med katastrofala resultat."

När vi är framme vid dörren avslutar jag med att fråga: "Du har hört hur fruktansvärt illa och bråttom det är. Vad tycker du vi ska göra?"

"Jag vet faktiskt inte", svarar polisen.

Tillbaka i cellen tänker jag på hur sorgsen polisen såg ut när vi gick genom korridoren packat med celler på båda sidor. Han verkade nästan uppgiven. Jag vet inte om han bara var trött vid arbetsdagens slut, om han kände uppgivenhet mot mig eller om han förstod det hopplösa läget för vårt samhälle och den värld vi så länge tagit för given.

För två dagar sedan satt vi i skogen vid kanten till torvbrottet där vi hade vi satt upp ett läger och kokade kaffe. Solen värmde från sydöst och myggen hade lämnat oss. Från den orörda mossen bland enstaka björkar, pors och blåbär kunde vi blicka ner på det bruna dagbrottet med de symmetriska raderna av diken. Nivåskillnaden var nog ett par meter från tidigare brytning. På eftermiddagen kom poliser med hundar dit för att kontrollera vad vi gjorde. Vi hade långa samtal med dem om klimatförändringarna, torvbrytningen, demokrati och vad som är mest effektiva metoder för att skapa förändring. Vi var överens om det mesta. Det enda som de inte kunde acceptera var att vi bröt mot lagen. Jag kunde inte avgöra om det var någon de var tvungna att säga i tjänsten eller om de verkligen var övertygade.

Sista gången vi blev gripna ute på torvbrottet kunde de inte transportera bort oss eftersom underlaget inte höll att köra på. Så vi fick sitta och vänta tills de hade skaffat en traktor med släp för att köra bort oss till de väntande polisbilarna. Entreprenören som ägde maskinparken var på plats med sin fyrhjuling. Han var orolig och till en början upprörd över att hans traktor skulle bli skadad av att David och Emma hade låst fast sig uppe på dess tak. Jag, polisen och entreprenören hade all tid i världen att tala lugnt och respektfullt om situationen. Just där mitt bland all torv skedde ett ärligt, konstruktivt och prestigelöst möte. Vi var alla överens om hotet från klimatförändringarna. Vi diskuterade detaljer i torvbrytningen och hur man återställer en våtmark på det mest effektiva sätt. Entreprenören visade bilder i sin mobil på våtmarker han återställt. En stor del av diskussionen handlade om våra metoder. Polisen försökte igen argumentera att det finns lagliga sätt att protestera och entreprenören var tveksam till effekten av våra aktioner.

"Ingen lyssnar på ett öde torvbrott", sa han och tillade: "Förresten är en grävmaskin mer effektiv än tusen spadar."

Jag förklarade våra strategier och beskrev att jag är öppen för förslag till mer effektiva metoder än de redan sedan länge prövade.

"Vad tycker ni vi ska göra", frågade jag till slut.

Jag möttes av en tystnad och diskussionen avslutades från både polisen och entreprenören med det svar som jag hört så många gånger.

"Jag vet inte."

Jag vet inte heller om våra metoder är rätt eller har någon större effekt. Det är omöjligt att i förväg veta vad som ger den där gnistan som tänder miljoner eldar. Däremot vet jag att alla försök hittills har misslyckats och vi måste prova något nytt. Jag vet också att oavsett om vi vill det eller ej lever vi i en revolutionär tid. Antingen gör vi en omställning stor nog för att klara oss från en katastrof och det kommer att förändra samhället som vi känner det. Eller så kommer klimatförändringarnas effekter skaka om själva grunden till vår civilisation. Alla revolutionära förändringar genom historien har startats som en viskning i vinden från en liten grupp människor som inte spelar efter reglerna. Den etablerade makten är i grunden alltid konservativ. Deras primära mål är att behålla eller så snabbt som möjligt återta makten. Samhällsförändringar är därför tvingade in på den reformistiska vägen, inkrementalismen, de små stegens politik. De kan endast behålla kontrollen på en spelplan som inte skakar. Jag försöker i alla fall agera i någon sorts proportion till det klimathelvete hela planeten står inför oavsett om det betyder att jag måste vända upp och ner på hela spelbrädet.

Jag har fått in två böcker till i cellen, Jo Nesbøs "Snömannen" och Leif GW Perssons "Den döende detektiven". Typiska krimdeckare, som om man är jättesugen att läsa om kriminalitet när man är inlåst. Men vad vet jag, det kanske folk är? Jag vet att "Snabba cash" var den mest lånade boken på Tygelsjöanstalten. Jag tror jag kanske läst GW's bok förut men det har ingen betydelse. Jag slutar läsa om jag känner igen mig för mycket. Jag har fått lite ålderssyn men håller jag boken på rätt avstånd så kan jag läsa utan att anstränga ögonen för mycket. Jag är lite irriterad på mig själv för att jag inte packat en arresteringsväska. Då hade jag kunnat be om läsglasögon och mina egna böcker som inspiration till att skriva artiklar, utveckla strategier och planera presentationer. Kanske några Sudoku eller korsord också som tidsfördriv. Jag blir störd över att jag var så oproffsig denna gång.

Efter några timmar lägger jag ner boken. Dags att dåsa lite, bara ligga och vila. Tänker på mötet med poliserna och personalen på torvbrottet. I början av min aktivism upplevde jag mötet med polis och aktivister som oftast mycket lugna och respektfulla, vilket förvånade mig. Som en dialog tagen ur Bergmans "Scener ur ett äktenskap", ett nästan teatraliskt tillrättalagd lyssnande samtal utan att avbryta varandra. Jag tänker att både vi och polisen är väl tränade på att föra dialog. Mötesmetodiken i Extinction Rebellion sitter djupt rotad. Den gemensamma kunskapen och erfarenheten från flera hundra år av kamp är samlad i våra metoder, från Kväkarnas organisation och metoder till feministernas utjämnande mötestekniker på 70-talet. Syftet är detsamma. Att låta alla komma till tals på ett jämlikt sätt och att gemensamt komma fram till bästa resultatet. Jag kommer ihåg när vi satt i ett rum på riksdagen, gripna efter att ha demonstrerat på åhörarläktaren. Tio aktivister och en väktare. Vi började prata med väktaren och var mycket noga med att inkludera honom, hålla kön i talarordningen och ge tysta återkopplingar som inte distraherar. Utan att veta om det var han mitt inne i ett typiskt XR möte. Som alla respektfulla möten kom vi närmare varandra. Han förstod varför vi agerat och vi hade förståelse för hans roll som väktare i riksdagen.

Oslo 2021

Det mest effektiva och demokratiska möte jag någonsin varit med om var i Oslo, augusti 2021. Vi hade samlat aktivister från hela Norden för en aktionsvecka mot norsk oljeindustri som vi kallade Nordic Rebellion. De två stora grupperna var XR Norge och XR Sverige. Vi hade blockerat oljehamnar, ockuperat kontor på oljeministeriet och oljebolag samt blockerat vägar i centrala Oslo varje dag. Som avslutning skulle vi ha en partyblockad med en stor lastbil mitt i korsningen som vi skulle låsa fast oss i så att polisen inte kunde flytta den. Lastbilen var tänkt att fungera som en

36

stor scen där vi kunde spela musik för att få igång en riktigt klimatfest på gatan. Vi från Sverige ville avsluta med en ordentlig störning och ville ta den mest trafikerade korsningen. Norrmännen var oroliga att folk skulle hata oss för att den platsen även skulle stoppa bussar och spårvagnar. Vi var utspridda över hela stan och det diskuterades i olika grupperingar. Nilla var backoffice, en extern koordinator med telefonkontakt till alla aktionsgrupperna, från ett safe house där det var lugnt och ingen risk att bli gripen eller råka ut för husrannsakan. Plötsligt ringde hon mig och sa:

"Pontus, det börjar koka ute i grupperna. Jag tror inte vi kan hålla partyblockaden i korsningen vid centralstationen. Alla infartsvägar från nordöstra Oslo passerar där. Folk säger till mig att de aldrig någonsin kommer samarbeta med oss mer om vi lägger blockaden i den korsningen."

Jag svarade, "Okay. Men du vet hur bestämda Helen och Alfred är? Vad är förslaget från dem du pratat med?"

"Att vi lägger blockaden på en mindre gata i centrum. De säger att vi redan skapat tillräcklig uppståndelse"

Jag svarade: "Fan också! Då blir det ju inte någon stor final. Jag snackar med delegaterna här och ser vad som händer."

Nu var det bråttom. Blockaden var planerad veckor i förväg och det var så många detaljer som måste fixas för att det skulle bli rätt och säkert. Klockan var fem på eftermiddagen och blockaden skulle sättas vid lunchtid nästa dag. Jag förstod direkt att jag inte ens kunde ha ett samtal med koordinatörerna som var utspridda över stan så jag började med att diskutera situationen med några nyckelpersoner i min närhet. Vi insåg snabbt att vi var tvungna att lösa problemet med den organisation vi hade. Inga genvägar! Alfred tog på sig att hålla ett stort möte i Greenhouse, ett hus för klimat- och miljöorganisatiner i centrala Oslo, samma kväll och ett meddelande skickades ut på meddelandeappen Telegram till alla aktivister.

Klockan 18 samlades vi i en stor sal och vi förstod direkt att det här inte kunde dra ut på tiden. Folk var trötta, hungriga och skulle inte orka ha långa diskussioner. Samtidigt behövde vi förankra beslutet för att inte splittra rörelsen. Alfred styrde snabbt upp diskussionen. Han delade upp folk i vängrupper med en delegat. Därefter presenterades problembilden och vad vi skulle ta beslut om. Alla påmindes om att vi måste ta ett gemensamt beslut för allas bästa och bortse från egna preferenser, ett beslut som var tillräckligt bra just nu och säkert nog för att testa. Grupperna gick iväg och diskuterade fram ett förslag med en kort motivering. Efter 10 minuter kom alla tillbaka och delegaterna presenterade sina förslag. Det viskades mycket och händer viftades när förslagen presenterades. Det var klart att det här beslutet rörde upp mycket känslor. Det var också tydligt att se vem som stöttade vilket förslag och jag var orolig att polariseringen skulle sätta sig, att ett "vi och dem" skulle växa fram. Alfred skickade iväg grupperna igen med uppmaningen att vi alla kämpar för samma sak. Efter några rundor hade vi tre förslag som stod mot varandra. Alfred spände ögonen i alla i rummet och sa:

"Nu visar det sig om vi kan komma överens eller ej. Här och nu avgör vi om det kommer bli en sista blockad i morgon eller inte. Tänk igenom noga, vilka förslag kan ni nu leva med?"

När delegaterna en efter en läste upp vilka förslag de kunde acceptera höll jag andan. Det verkade finnas ett förslag, Hausmanns gate vid Ankerbrua, som alla grupperingarna tyckte var OK. När sista delegaten sa "Hausmanns gate" så var det klart. Jag reste mig direkt upp och ropade med en knuten näve:

"SHOW ME WHAT DEMOCRACY LOOKS LIKE!"

Spänningen försvann och en befriande glädje spred sig i rummet. Alla stämde in i det välkända svaret i ramsan:

"THIS IS WHAT DEMOCRACY LOOKS LIKE!"

Alfred fortsatte ramsan några gånger till genom att peka personer i salen som direkt ropade:

"SHOW ME WHAT DEMOCRACY LOOKS LIKE!"

Varav alla övriga svarade:

"THIS IS WHAT DEMOCRACY LOOKS LIKE!"

Det blev en lektion i direktdemokrati för alla inblandade som resulterade i en gemensam seger. Vi lyckades att behålla inkluderingen av alla närvarande, även de mest tysta, och behandla varandra respektfullt trots alla känslor. Vi lyckades tillsammans förstå att vi hade ett beslut som var större än oss själva som enskilda individer. Jag tror det var anledningen till att vi lyckades. Dagen därpå var det fest med ett jazzband på Hausmanns gate vid Ankerbrua. Fastlåst i kardanaxeln på lastbilen missade jag det mesta av festen men när jag som en av de sista bars in i polisbilen var jag mycket nöjd. Det blev inte den störning jag hoppades på men det var tillräckligt bra.

Efteråt har jag tänkt mycket på hur beslut togs både före och under Nordic Rebellion. Ett återkommande problem var att oinsatta deltagare gick med sent i processen vilket medförde att fattade beslut rycktes upp och mycket tid slösades i att sätta in dem i det arbete som redan hade utförts. Det går inte heller att bli insatt i alla taktiker och strategier om man inte lägger ner mycket arbete under en lång tid vilket gjorde att det var stor kvalitetsskillnad mellan arbetet från heltidsaktivisterna jämfört med de som endast kunde jobba deltid. Personer som jobbade 1-2 timmar per vecka fick däremot lika mycket utrymme i besluten som de som jobbade heltid med planeringen vilket påverkade resultatet negativt. En annan aspekt som var tydlig i beslutet om partyblockaden handlar om nivån av störning eller hur radikal aktionen bör vara. I en grupp faller majoritetens kompromiss med konsensus alltid in under en statistisk normalfördelning. I Extinction Rebellion finns en värdering som säger att vi måste pressa oss att gå utanför vår bekvämlighetszon men i gemensamma beslut faller resultatet alltid tillbaka till det mer säkra och trygga beslutet. Det är därför grupper avradikaliseras och gör försiktigare aktioner när de växer. Jag tror det måste finnas en liten grupp individer som kan pressa beslut mot det obekväma och läskiga, för det är där vi måste vara för att kunna förändra. Dessa personer får inte försvinna i majoritetens försiktighet. Hade jag ensam fattat beslut om hur radikal en aktion bör vara så tror jag att jag också många gånger hade säkrat upp mig för mycket. Jag vet att jag själv behöver stöd från dessa människor när jag planerar eller deltar i en aktion för att inte falla tillbaka på det enkla eller bekväma.

Jag tror därför att man måste tillsätta grupper med mandat som ostört kan jobba med strategier och planering. Gärna tidsbegränsade demokratiska mandat men när ledningsgruppen bestämmer något så måste man lita på deras omdöme och acceptera besluten. Det viktigaste är att vi agerar åt rätt håll och tillräckligt kraftfullt, inte att mina personliga preferenser blir uppfyllda och jag litar inte mer på mitt omdöme än någon annans.

Tvivel och Rädsla

Solen börjar gå ner och jag ligger och väntar på ett anhållningsbeslut. Polisen får gripa en person om man är misstänkt för brott. Då skall förhör hållas så fort som möjligt. Oftast sitter man inlåst mellan 4-8 timmar innan åklagaren bestämmer om man skall släppas eller hållas kvar. Så ett anhållningsbeslut borde komma snart om jag har tolkat solens rörelse genom persiennerna korrekt. Om jag blir anhållen måste åklagaren sedan klockan tolv på tredje dagen bestämma om jag ska släppas, annars måste en domstol bestämma om jag ska bli häktad. Blir jag häktad kan tiden dra iväg ordentligt, 9 månader om jag minns rätt. Jag vet att jag läst att det finns speciella fall där personer suttit mycket längre vilket Sverige blivit internationellt kritiserat för. Min gissning är att om jag blir häktad så släpps jag antingen när vår planerade aktion på torvbrottet är slut eller till rättegången senare i höst. Jag bestämmer mig för att förbereda mig på att vara inlåst några månader.

Efter ett tag rasslar nycklarna i dörren och vakten släpper in en polis jag inte träffat förut. Jag blinkar tröttheten ur ögonen och sätter mig upp.

"Hej, du förstår säkert varför jag är här. Det har tagits ett beslut att anhålla dig."

Han räcker över pappret till mig.

"Jo, jag förstår att det var dags för det nu", säger jag gäspande.

Han ser bekymrad ut. Jag kan inte tolka om det är allvaret i anklagelserna som gör honom orolig eller att han är obekväm med att låsa in en helt vanlig fredlig person som bara agerar efter sitt eget samvete. Jag skulle gissa att vi är ganska ovanliga fångar jämfört med dem han är van vid. Jag är i vilket fall nöjd med beslutet. Det var väntat och nu blir restriktionerna lite mildare.

"Känner du till anklagelserna?" frågar han.

"Ja, jag antar att det fortfarande är grov skadegörelse och grovt olaga intrång. Är det inte märkligt hur lätt det är att anhålla en person som försöker stoppa en katastrof samtidigt som det är näst intill omöjligt att åtala företag som förstör våra livsbetingelser? Eller ställa våra politiker till svars för att de bryter mot grundlagen, barnkonventionen och Europakonventionen? För att inte tala om att de fullständigt skiter i att hålla ratificerade internationella avtal, som Parisavtalet? Du kanske känner till Auroramålet, klimatoroliga ungdomars stämning mot staten, som har pågått i år och troligtvis kommer ta åratal innan det till slut bara läggs ner", svarar jag.

"Jo, jag kan hålla med dig", säger han, "Men nu är det som det är."

Han vänder sig mot dörren.

Jag passar på att ta tillvara på den nya situationen och säger

"Vänta, skulle jag kunna få en bok till nu som inte är deckare när jag är anhållen? Vilken som helst funkar, bara något att fördriva tiden med. Och gärna en kudde också om det finns. Jag blir så himla stel i nacken när jag ligger på en madrass utan stöd för huvudet."

"Jag skall se vad jag kan göra. Du kommer få lite rena kläder också", säger han och stänger dörren försiktigt.

Jag lägger mig tillrätta med huvudet på min nyinskaffade galonkudde med Stephen Kings Jurtjyrkogården. Jag har länge tänkt läsa den men inte haft tid. The Ramones inspirerades av den boken när de skrev en av sina bästa låtar, Pet Sematary. Låten sjunger i mina öron när jag somnar.

Värnamo polisstation, torsdagen den 20:e juli 2023

Jag vaknar ganska utsövd trots att lampan alltid är tänd och jag väcks varje timme för att vakten måste kontrollera att jag mår bra. Min kropp säger att klockan är knappt 7. Frukosten lär inte komma ännu på ett tag. Jag är så fruktansvärt sugen på en kopp kaffe just nu.

Jag inser att jag nu måste vänja mig vid ståldörrar och betongväggar. Det är omöjligt för mig att komma ut ens om jag velat det, vilket gör mig lite rädd. Jag är inte klaustrofobiskt lagd men tanken är obehaglig. Jag har lärt mig att fokusera på det jag kan påverka för att bli av med den växande oroande känslan att vara inlåst. Jag föreställer mig min begränsade tillvaro lika självklar som en naturlag, som att solen går upp varje dag eller att tyngdkraften håller kvar mig på jorden. Friheten är inte begränsad till fysiska möjligheter, dess källa är mental. Jag börjar sakta betrakta min avgränsade värld som en del av en oföränderlig verklighet.

Där är en dörr, ett fönster med persiennerna nere och så är det bara. De fysiska begränsningarna blir mer en inramning av mitt liv, något det inte är värt att tänka på lika lite som om jag skulle vilja plocka ner månen. I den inramningen blir mina möjligheter starkare. Jag går runt i cellen och betraktar den från olika vinklar med kinden mot väggen och leker med att jag kan välja att se nya olika fysiska perspektiv av cellen.

Plötsligt kommer en annan typ av skräck. Jag känner den där iskalla åtstramande känslan över bröstet. Åklagaren och polisen tycker uppenbarligen att jag är en fara för samhället. Har jag fullständigt missuppfattat vad jag gjort? Tänk om jag gjort något jag verkligen ångrat, gått över en gräns jag inte är beredd på? Jag vet att isoleringen sätter spöken i huvudet på mig. Jag tappar proportionerna av mina handlingar och dess konsekvenser. Det är svårt att tänka klart i ensamheten utan någon som helst återkoppling från verkligheten på utsidan. Jag tänker på Nilla och vad hon skulle säga om hon var här. Jag ser henne framför mig med ett lugnt leende på läpparna. "Det är vad det är, det löser sig", säger hon till mig i mina tankar. Det gör att oron släpper en del.

Ängelholm 2021

Jag har även förut känt rädslan att ha tappat greppet, att ha gjort något oåterkalleligt. Jag tänker tillbaka där jag satt i ljusskenet från två polisbilar på landningsbanan på Ängelholms flygplats i oktober 2021. Polisen gick mot mig med dragna vapen, brottade ner mig och handfängslade mig. I bilen satt jag med några mycket aggressiva poliser som bad mig hålla käften så fort jag försökte öppna munnen. "Förstår du att du gjort dig skyldig till flygplats-sabotage? Det ger 4 års fängelse. Vi kommer inte släppa dig på ett bra tag, bara så du vet det", sa de gång på gång.

Under flera timmar i bilen började ett tvivel och en skräck växa över att jag gjort något jag bittert kommer ångra. I cellen fick jag äntligen vara i fred. Jag tänkte för mig själv: "Fan också, hur kunde det gå så här illa?" Jag hade klantat till det riktigt ordentligt och hamnat i en situation jag inte var förberedd för.

Efter att brottats med tanken på långa häktestider och fängelse samt vad det skulle innebära för familjen och vad folk skulle tycka om mig när jag kom ut så började jag gå igenom planeringen av aktionen. Var det något vi missat? Vi hade ju planerat i månader för att det skulle vara så sä-kert som möjligt. Vi hade kontaktat jurister för att utreda vilka straff som kunde vara möjliga. Då slog det mig att jag faktiskt hade varit förberedd. Jag var medveten om riskerna och visste precis vad jag gav mig in på. Den insikten gjorde då att ångesten släppte och byttes ut mot den välbekanta friheten att vara på rätt plats samt en stolthet att jag över-vunnit min rädsla. Senare samma kväll tänkte jag igenom motivationen till flygaktionen. Staten subventionerar fly-gindustrin med miljarder, de betalar ingen skatt på bränsle och ingen moms på utrikesflyg. Trots det går de lokala flyg-platserna så ekonomiskt dåligt att de måste köpas upp av lokala kommuner för att drivas med skattemedel. Mitt i en klimatkatastrof! Då, i cellen på Helsingborgs polisstation, växte en trotsig kämparglöd. "Kom igen då, lås in mig och släng bort nyckeln!" tänkte jag. Jag visste att jag hade agerat rätt och att jag skulle vinna, åtminstone den moraliska stri-den.

Värnamo polisstation

Jag känner nu samma stridsvilja. Om de tycker det är så farligt att gå ut på en mosse och gräva igen några diken så får de väl låsa in mig. Jag synar polisen och åklagaren, de kan inte skrämma mig mer. Straffet har tappat sin verkan och försvinner. Låt oss mötas i rättegång så får vi se hur det går. Jag har alla argument på min sida.

Jag tänker på mina vänner som är inlåsta här nära mig och börjar känna en oro. Är de också oroliga? Kan de hantera skräcken om den kommer? Vi har ju tränat och utbildat oss i hur man bör tänka men det är en annan sak att konfronteras med sin rädsla ensam i en tom cell. Jag tänker tillbaka på alla de otaliga filmklipp på aktivister som gör någon form av aktion. Oftast pratas det om beslutsamheten eller modet men jag fastnar nästan alltid för de små detaljer som avslöjar rädslan och skräcken de känner inför att utföra aktionen. Det kan vara när de klumpigt tar ut limtuben med darrande händer för att limma fast sig på en vägg eller den iskalla fokusering man ser i ansiktet på någon som går ut på en motorväg med banderoller i händerna. Hos mina goda vänner blir rädslan speciellt tydlig i detaljerna, som ett lite mer forcerat röstläge eller de klarvakna ögonen som oroligt spanar efter polisbilarna. Trots det skrämmande så finns det något vackert och mänskligt i deras beteende. Ingen stoppar trafik eller slänger färg på en tavla för att det är kul. Man gör det trots rädslan, trots konsekvenserna, för man vet att det är nödvändigt. Mina ögon börjar plötsligt tåras av glädje och kärlek. Jag är så stolt och glad av att vara en del av denna motståndsrörelse.

Min vän Lior och jag brukar skratta åt att vi nog är de mest rädda aktivisterna i Sverige. Vi talar ofta om den klump man känner i magen innan aktion, ett illamående trots att varken han eller jag klarar att äta något innan vi agerar. Oftast släpper oron direkt när polis är på plats. När man vet att aktionen har lyckats och när polisen har kontroll på situationen så är det klart. Inget ansvar över händelseförloppet längre och vad som är gjort är gjort.

I början av min aktivism tänkte jag ofta på att rädslan måste avta med tiden. Ungefär som kognitiv behandling av en fobi, som höjdrädsla. Jag har själv vant mig av med min värsta höjdrädsla genom att i kontrollerade former utsätta mig för höjder. Samma sak borde fungera på min fobi mot att göra aktioner. Till min förvåning blev det inte bättre. Samma kallsvett och ångestladdade känsla innan man går ut i vägen. Jag gick igenom och försökte tänka på grunden till min rädsla. Vad är det jag är så rädd för? Jag vet att en del av rädslan är för mina vänner, att ingen skall råka illa ut. Jag väljer därför ofta att ha en överblick över hela aktionen. Kontroll över var åskådarna till aktionen är, vilken stämning är det mellan de som utsätts för aktionen och aktivisterna. Är det någon som mår dåligt? En del handlar om rädslan att göra bort sig, att sticka ut. Vi är alla flockdjur och att göra något som så drastiskt avviker från normen är skrämmande. Jag har märkligt nog aldrig varit speciellt rädd för min säkerhet trots att det flera gånger har varit en överhängande risk att råka illa ut fysiskt. Några gånger har jag blivit skadad av polis och privatpersoner, men det har aldrig varit något allvarligt. Jag har även flera gånger blivit hotad att bli misshandlad och även fått flera dödshot. Största risken är att det finns en galning bland alla anonyma hot som gör slag i sak men det är svårt att ta till sig och bli rädd för. Jag vet inte hur jag ska agera på hoten och därför blir de mer en obehaglig påminnelse om en hård och kall värld. Konsekvensen blir istället att jag har mer uppsikt över min omgivning och att jag vet att det nu är ett steg närmare till att få en sten flygande in genom köksfönstret. Jag borde bry mig mer om det med tanke på min familj men det är inget jag är rädd för.

Malmö hösten 2021

Jag hade varit klimataktivist i ett par år och istället för att avta ökade min oro och rädslan inför varje aktion för att kulminera på Malmös gator. Vi var i Limhamn i Malmö för att stänga ner SEB på grund av deras investeringar i fossil-industrin. Enligt Fair Finance Guide är just SEB värst av alla svenska storbanker. Vi gick upp mot banken och jag kände den nu välbekanta ångesten öka. Jag gick tyst för mig själv och försökte fokusera på uppgiften för att förtränga obeha-get. Plötsligt svartnade det inför mina ögon och jag satte mig snabbt ner med huvudet mellan benen. I några minuter togs jag om hand av mina vänner och jag fick pusta ut och samla mig för att sedan gå vidare upp mot banken. När akt-ionen var över så tänkte jag att någonting var fel, det är inte rimligt att vara så rädd. Jag bestämde mig för att ta en paus från aktivismen för att vila och hämta igen mig. Jag minns att jag tänkte: "Om jag inte löser det här så kommer jag inte kunna fortsätta."

Ett halvår senare höll Återställ Våtmarker en helgut-bildning inför motorvägsblockader i Stockholm. Vi bodde och lagade mat tillsammans i en hyrd stuga och Helen höll i en tvådagars träning. I träningen ingick ett moment som handlade om att hantera sin rädsla inför aktionen. Öv-ningen gick ut på att visualisera sin rädsla för att lära känna den. Min bild var en stor grönsvart sten framför mig. Sakta började jag experimentera med att närma mig rädslan, ny-fiket utforska den i en trygg miljö. Jag fokuserade på olika aspekter av skräcken och rädslan, med olika intensitet. Intresserat provade jag olika fysiska känslor som jag återkallade från olika situationer, hur det kändes i magen och hur mitt blickfång brukade smalna av. Då slog det mig plötsligt vad det var jag var rädd för. Jag hade blivit rädd för själva rädslan i sig. Jag ville inte känna det obehag som rädslan innebär så jag hade förskjutit den. Ju mer jag hade förskjutit rädslan desto starkare hade den blivit. Nu hade jag en möjlighet att lära känna min rädsla och på något sätt bli vän med den. Varje gång jag går in i en aktion så ser jag nu en stor sten framför mig. Ibland räcker det att jag tänker på ordet "sten" för att lugna mig. Jag har fortfarande kvar rädslan inför aktioner idag men nu har jag en metod att hantera den. Rädslan kommer alltid att vara där, vilket är bra. Det gör att jag skärper mig och inte går in i situationer jag inte klarar av eller där jag inte vill vara. Men nu har jag oftast kontroll över den istället för att den styr mig. Idag handlar det snarare om att hitta motivationen till att agera som motvikt till rädslan. Att känna mig grundad i min övertygelse och den handling jag skall utföra. Gå igenom motivet för just den aktion jag har framför mig samt återkalla varför jag agerar - av kärlek och för kärlek till allt levande.

Det inomparlamentariska arbetet

Värmnamo polisstation, torsdagen den 20:e juni 2023

Luckan i dörren öppnas och en vakt säger: "Här kommer frukosten!"

"Underbart, hoppas du har med kaffe", svarar jag.

"Jajamensan", svarar vakten.

Dörren rasslar och öppnas. Jag tar emot en grå bricka med gröt, två skivor bröd, ett glas juice och en kopp kaffe. Jag tackar och sätter mig på madrassen med brickan bredvid mig. Jag börjar med kaffet. Jag dricker alltid kaffet innan jag äter frukost. Jag bestämmer mig idag för att njuta av frukosten så länge jag kan, dra fördel att jag har all tid i världen men också för att anpassa mig till ett långsammare tempo. Så jag sippar på mitt kaffe länge tills det är slut, brer mackorna noggrant och äter den nu kalla gröten med små skedar för att smaka varje tugga.

Jag har nu suttit inlåst ett dygn och då brukar det sakta bli bättre och bättre. Med hänvisning till att jag måste kunna förbereda min häktesförhandling har jag nu fått in papper och penna i cellen. När jag flyttas till häktet får jag förhoppningsvis ett skrivbord också. Via arbete kan jag börja skapa en ordnad vardag. Skrivandet är min arbetstid och böckerna är min fritid. Däremellan ligger jag och dagdrömmer om allt möjligt. Arbetet ger mig en frihet att sträva efter ett mål. Ett kreativt skapande gör min tillvaro betydelsefull. När man är inlåst är det viktigt att skapa en meningsfullhet i det man har runt sig. Vissa gånger när jag har varit gripen har jag försökt att hitta på olika uppfinningar med de få saker jag har tillgängligt i cellen. Det kan vara att skapa en en tulpan av toalettpapper för att göra det lite mer hemtrevligt. Jag har också gerillaodlat äppelkärnor eller apelsinkärnor som jag planterar med toalettpapper i olika delar av cellen. Jag har ibland lyckats få dem att gro men aldrig suttit så länge att jag sett dem få blad. I vissa celler finns ett litet hål i väggen där man kan fylla på sin mugg med vatten. I avloppet brukar jag lämna mina groddar med förhoppningen att det växer upp ett äppelträd i cellen för att glädja nästa person.

Tygelsjöanstalten februari 2023

Mina tankar vandrar tillbaka till fängelset igen. Varje morgon efter frukost gick vi till snickeriet i våra vita sneakers utan skosnören klädda i ljusa mysbyxor och en grå tjock bomullsjacka. Jag satte mig längst bak vid fönstret i fikarummet där det står lite blommor. Jag ställde upp mitt nybryggda kaffe, några A4 ark att skriva på, en penna och några böcker på bordet bredvid mig. En dag råkade jag stöta till pelargonen i fönsterkarmen när jag sköt ut stolen så en av grenarna gick av. Jag gjorde det till mitt uppdrag att se till att sticklingen överlevde. Jag satt den i en mugg med jord, såg till att den hade sol samt tillräckligt med vatten varje dag och spanade efter nya rötter. Jag blev förvånad

hur viktigt jag tyckte det arbetet var. Det var en kärleks-
handling till en levande blomma, ett uppdrag att skapa nå-
got vackert och betydelsefullt. Pelargonen fick mig att förstå
hur viktigt det är att sysselsätta sig med olika uppdrag. In-
sikten gjorde att jag bestämde mig för att göra en aktion
inne på fängelset innan jag blev släppt. Nilla smugglade in
klimatklistermärken via breven jag kunde ta emot och mitt
uppdrag var att sätta upp dem överallt på området sista da-
gen utan att bli upptäckt. Det var den mest välplanerade
aktion jag någonsin gjort. Jag rekade veckor i förväg var ka-
merorna var uppsatta, vilka rutiner vakter och fångar har i
olika utrymmen och var klistermärkena kunde sitta utan att
upptäckas förrän jag blev släppt. Det var en otroligt kul pla-
nering. Jag kände mig som en liten pojke i en spionfilm.
Sista dagen innan vi blev inlåsta för kvällen gick jag den
planerade rundan. Jag väntade på säkra ställen där man inte
väckte uppmärksamhet och slog till när lokalen var ledig.
Gömde klistermärket i min kupade hand och satte upp det
utan att det skulle väcka misstänksamhet om någon såg mig
via en övervakningsmonitor. Aktionen utfördes perfekt och
jag gladdes åt tanken på reaktionerna när man dagen efter
kunde läsa "Är du orolig för klimatet?" vid roddmaskinen
i gymmet.

Värnamo polisstation

Jag väcks från mina tankar genom att luckan plötsligt
öppnas och en telefon sticks in.

"Det är din advokat som vill tala med dig", säger vak-
ten.

Vad fan är det här!?! Jag känner att jag blir skitförban-
nad. Jag vill inte ha någon advokat eftersom det finns en

betydande risk att jag blir återbetalningsskyldig. Jag har heller inget behov av en advokat jag inte känner. Det krävs en hel del tid att förstå taktiken runt civil olydnad och vad min målsättning är i rätten. Advokater brukar med ryggmärgsreflex endast förutsätta att jag vill bli friad eller ha så lågt straff som möjligt.

"Jag har ingen advokat", svarar jag.

Det uppstår lite förvirring och vakten talar med advokaten i telefonen. Efter en stund räcker han över telefonen genom luckan igen och säger:

"Jag tror det är bäst för dig själv om du snackar med advokaten."

"Varför då?" svarar jag lite upproriskt.

Det blir en stunds tystnad och jag märker att vakten tänker efter. Det börjar bli lite pinsamt och jag tycker lite synd om advokaten i luren som blir avfärdad utan att vi bytt ett ord.

"Okej, räck över telefonen då", säger jag till sist

Jag möts av en ung advokat i telefonen med sitt namn i advokatbyrån. Hon säger att domaren redan har utsett henne till advokat för mig trots att jag nekat hjälp. Domaren ansåg tydligen att häktning är så allvarligt att jag behöver en advokat. Jag känner att jag blir mer irriterad. Vilket översitteri, vad fan vet domaren om det? Jag vill inte ge domaren något skäl att friskriva sig från ansvar genom att tvinga på mig en advokat. Förresten struntar jag helt i om jag blir häktad eller inte så det finns inget en advokat kan hjälpa mig med. Det finns inga oklarheter runt omständigheterna vad jag gjort eller hur det gick till och mina motiv förklarar jag bäst själv. I grunden handlar det om domaren kommer att förstå det allvarliga läget, våga visa lite civilkurage och släppa mig.

De hade visst redan planerat häktesförhandling med advokat på plats. Vi kommer överens om att advokaten hjälper till som ett juridiskt ombud och jag sköter snacket. Jag berättar också att jag kommer hota domaren med att stämma dem för bedrägeri om jag blir återbetalningsskyldig. Innan vi lägger på ber jag advokaten att ge mig alla papper hon fått i fallet. Det är mycket vanligt att man i Sverige glömmer att informera den misstänkte om relevanta ändringar i förundersökningen, framför allt när man inte har en advokat. I internationell rätt, som Europakonventionen för mänskliga rättigheter som även är kopierad till svensk grundlag, står det att den misstänkte har rätt att veta vad man är misstänkt för samt ta del av relevanta uppgifter om det inte skadar förundersökningen. Domare och åklagare tycker dock det är jobbigt när man inte har advokat, de tycker det är smidigast att endast tala med jurister. Jag har därför varit med om att de flera gånger har glömt att meddela ändring i åtalspunkterna och där mina medåtalade vänner med advokat fått reda på stora ändringar i förundersökningen som jag varit ovetande om.

Jag sätter mig direkt och börjar jobba med försvaret till häktesförhandlingen. Den juridiska processen är lika viktig som själva aktionen. Vi jobbar oftast med att handgripligen förändra samhället utanför de etablerade institutionerna eftersom det är svårt att förändra i ett system som i grunden är en del av själva problemet. De strukturer, regler och ramar som förutsätts är ofta hämmande om man vill komma till grunden med frågan. För övrigt är vi konsekvent uteslutna från varje form av dialog eller möte med politikerna, vilket var tydligt under regeringens så kallade nationella klimatmöte förra månaden där endast ja-sägare och en bråkdel av den snällare klimatrörelsen var inbjudna. Om vi någon gång blir omnämnda så är det i negativa ordalag som kriminella och sabotörer, så det är inte endast vårt val att jobba utanför systemet. Vårt arbete brukar därför i media betecknas som "utomparlamentariskt". Den juridiska processen bedrivs däremot innanför systemet. Där har vi, i bästa fall, en dialog med staten via åklagare och domare och därför kallar vi det ibland för den inomparlamentariska delen av aktionen.

När jag går igenom händelseförloppet slår det mig plötsligt att jag troligtvis inte gjorde något olagligt alls när de grep mig sista gången. Jag hade den dagen rollen som poliskontakt och dialog mot personalen som jobbade på torvbrottet. Poliskontakt är den som för dialog mellan polisen och aktivisterna. Man tar inga egna beslut men sköter kommunikationen och underlättar beslutsprocessen. Jag grävde inte igen ett enda dike eftersom jag var tvungen att vara vid traktorn och invänta polisen. Det kan inte heller vara grovt olaga intrång eftersom allemansrätten gäller. Det fanns inga skyltar, staket eller avspärrningar mellan mossen och torvbrottet. Vi befann oss nog en halv kilometer från industribyggnaderna. Polisen och det statliga finska bolaget Neova som äger torvbrottet hade för övrigt dagen innan jag blev gripen låtit oss campa mitt på torvbrottet. Så de var inte ens själva säkra på om det var olaga intrång, ännu mindre grovt olaga intrång.

Än en gång har jag blandat ihop vad som är troligt utfall av en aktion med vad som är juridiskt rätt. Jag visste att det var hög sannolikhet att jag skulle bli anhållen om jag gick ut på torvbrottet i onsdags. Därför är jag inte förvånad över att jag sitter inlåst och har inte reflekterat om det är rätt eller fel förrän nu. Jag blir nu förvånad över rättsvidrigheten att bura in mig när jag inte gjorde något olagligt. Det är även moraliskt fullständigt förkastligt att låsa in personer som helt utan egen vinning handgripligen försöker stoppa en fullständig katastrof. Istället för att lyssna på vad vi har att säga ignoreras vi totalt av politikerna som fortsätter elda på klimatkatastrofen med ökade utsläpp. Jag märker att jag blir så förbannad och ledsen att jag måste ta en paus från skrivandet.

Jag lägger mig ner för att vila men kan inte skingra tankarna från det juridiska. Tankarna maler vidare i huvudet på mig. Vi brukar försvara oss med två olika metoder, demonstrationsrätten och nödrätten. Demonstrationsrätten använder vi när vi demonstrerar på vägar och motorvägar inne i stan. Det är många som inte känner till vad demonstrationsfriheten i Sverige innebär. Den ger rätt att delta i en demonstration även utan tillstånd. Det betyder också att polisen inte får upplösa en demonstration, tillståndsgiven eller ej, om den inte innebär en allvarlig störning. Detta är en mycket viktig demokratisk princip eftersom en demonstration måste störa för att vara effektiv. I många diktaturer och halvdiktaturer tystar man opinionen med hänvisning till att demonstranterna är just störande. När Putin ökade repressionen i Ryssland lade han ett demonstrationsförbud i centrala Moskva. Tanken var att pressa ut demonstrationer till förorterna där de inte syntes eller hördes och heller inte gjorde någon skillnad. Det fungerade effektivt. Efter ett tag försvann demonstrationerna. Myndigheter i Sverige kan alltså inte säga att man endast får demonstrera där det inte stör, som på ett fält där det inte är några människor. De får heller inte regelmässigt förbjuda användning av megafoner och ljudanläggningar trots att det kan vara folk som störs av ljudet. I en demokrati måste vi acceptera att ibland bli störda av åsiktsyttringar. Det är vår skyldighet i ett fritt och öppet samhälle.

Stockholm våren 2023

I Återställ Våtmarker har vi en pågående dispyt med polisen om hur störande en demonstration får vara. Jag minns när vi i våras hade så kallade "Slow walks", långsamma demonstrationer i körfälten, i centrala Stockholm. Dialogpolisen, den polis som har som uppgift att kommunicera med demonstranter, hade sett på vår Facebook att vi skulle demonstrera varje dag några veckor och ringde därför upp mig. Dialogpoliserna är alltid mycket trevliga så vi hade några minuters socialt snack innan kom han till slut till saken:

"Du Pontus, jag ser att ni tänker demonstrera imorgon vid Slussen. Hur hade ni tänkt att demonstrationståget kommer gå?"

Jag svarade: "Med all respekt så kan jag inte säga det. Du vet att vi inte är överens om hur störande en demonstration får vara så vi är oroliga att vi kommer bli stoppade om vi berättar."

"Jo, men om ni berättar blir det bättre för oss alla. Vi kan planera så att ni inte råkar ut för arga bilister och så att ni inte stöter ihop med andra demonstrationer", försökte han.

"Jo jag vet. Vi uppskattar all hjälp vi kan få för att göra demonstrationen så trygg och säker som möjligt men demonstranterna vill ändå inte berätta", svarade jag.

Jag visste att han skulle pressa mig så jag förekom honom: "Hur ni planerar ert arbete är upp till er. Väljer ni att inte vara på plats om inte vi berättar så är det tråkigt men det har vi full förståelse för. I så fall löser uppgiften själva utan poliseskort."

Han svarade: "Okej, vi kommer nog med några bilar. Det är inte säkert att jag är på plats men ändrar ni inställning så kan ni berätta färdvägen till polisen på plats."

"Det ska jag göra om det blir aktuellt. Tack för att du ringde", avslutade jag samtalet med.

Dagen därpå startade ett trettiotal Återställ Våtmarker demonstranter med banderoller mot torvbrytning att gå förbi Ryssgården och vänster uppför Götgatsbacken. Polisen följde med med två piketbussar och en polisbil. Vid varje korsning på Götgatan körde insatschefen Göran fram till mig och frågade var vi tänkte gå. Varje gång svarade jag med att en demonstration måste vara störande för att få effekt och vi misstänker att vi blir stoppade om vi berättar. Irritationen ökade för varje korsning men jag förklarade lugnt att vi måste synas för att få till ett stopp för torvbrytningen och en förändring för vår framtid. Efter ett tag blev det uppenbart för alla att vi tänkte gå upp på Skanstullsbron till Gullmarsplan. Vid Skanstull körde Göran fram bilen framför demonstrationståget och hoppade ut. "Kom här Pontus så får vi prata", sa han.

Jag visste att han var irriterad på oss så jag sa: "Lyssna nu Göran, vi gör inte det här för att jävlas med er. Vi gör precis det vi måste för att synas och kunna påverka."

Han svarade: "Jag vet och jag vill heller inte bråka med dig. Men nu är det så här, ni får inte gå upp på

Skanstullsbron. Ni måste svänga vänster framme vid korsningen på Ringvägen så kan ni demonstrera i parken där borta."

Jag kände att jag också började bli irriterad och svarade: "Du vet att detta inte är en allvarlig störning. Bajenfansen får gå över bron ostört vid hemmamatcher. Där stoppar ni ingen."

Han svarade: "De är ju mycket fler. Förresten har jag nu tagit beslutet att ni kan demonstrera på angiven plats och att gå upp på Skanstullsbron stör allvarligt trafiken."

Jag replikerade direkt: "Det här handlar inte om att ni skall kryssa i något formulär om att ni upprätthåller demonstrationsrätten och demokratin genom att låta oss demonstrera på en helt meningslös plats. Ni bryr er ju inte om vår demonstration har någon effekt eller ej. Bara att ni på pappret gjort ett jobb". Jag märkte att Göran hajade till och tänkte efter. Därefter frågade han:

"Så hur kommer ni göra?"

"Du vet att jag inte kan säga det", svarade jag.

"Okej!" sa han med en suck. "Försöker ni gå upp på bron kommer vi att gripa alla. Är det verkligen värt det?" avslutade han argt och hoppade in i bilen.

"Vi gör det vi tycker är nödvändigt och ni gör det ni tycker behövs", ropade jag efter honom.

Stämningen var verkligen spänd men vi kunde inte backa nu. När vi gick förbi korsningen mot brofästet körde polisbilarna om oss och blockerade brofästet. Vi försökte med en teknik vi tränat på som vi kallar att agera som vatten. Lugnt hitta luckor och som rinnande vatten ta oss igenom avspärrningen, fortsätta att tyst gå den planerade vägen. Så fort en polis tar tag i en stannar man eller sätter sig ner. Blir man ledd iväg följer man med. Utrymmet var för litet för att komma förbi och jag upptäckte ganska snart att vi inte skulle lyckas att komma upp på bron. Vi hade blivit stoppade och det tjänade inget till att vara kvar i det här låsta läget. Det fanns även en risk att vårt agerande skulle uppfattas som våldsamt från polisen.

Jag gick snabbt fram till Helen för att rådgöra vad vi skulle göra. På några sekunder beslutade vi att gå på den anvisade vägen på Ringvägen för att sedan göra en u-sväng, ta ny sats och försöka komma upp på bron igen. Efter några försök att nå bron avslutade vi med att sätta oss mitt i korsningen Ringvägen - Götgatan och höll några tal. Det blev mycket känslomässigt. Vi lyckades inte gå den planerade vägen men vi hade hållit oss totalt fredliga och stått upp för demonstrationsrätten. Alla visste också att det var mycket nära att polisen hade låst in oss allihop. Trots det hade vi fortsatt. Medvetenheten varför vi var där hade fått oss att fortsätta oavsett riskerna och demonstrationen kändes därför som en seger. Därefter har vi gjort många "Slow walks" i både Malmö, Stockholm och Göteborg. Ibland lyckas vi med var vi planerat, ibland blir vi stoppade eller knuffade bort från vägen av polisen. Ibland blir vi gripna och ibland får vi poliseskort hela vägen. Varje gång försöker vi förflytta gränsen för vad som är tillåtet i en klimatdemonstration och ibland lyckas vi även åstadkomma en störande demonstration med polisens medgivande.

Värnamo polisstation, torsdagen den 20:e juli 2023

Luckan i dörren öppnas och jag tittar upp mot vakten. Han säger:

"Hej, jag har lite papper till dig från din advokat"

"*Min* advokat", tänker jag lite irriterat men säger bara "Tack!" när jag tar emot en hophäftad bunt A4.

Jag ser att det är förundersökningen. Eller rättare sagt den ofärdiga förundersökningen där vissa delar har plockats bort. Jag ögnar snabbt igenom de viktigaste delarna som åtalspunkterna, om de skiljer mellan de misstänkta samt om det står något specifikt relevant för den kommande häktesförhandlingen. Jag ser då att Neova yrkar på skadestånd på 1,4 miljoner kronor. Jag skrattar till lite för mig själv och tänker på att det kommer bli kul att bestrida i en rättegång. Vem är det egentligen som bedriver skadegörelse, vi som gräver igen diken för att återställa mossen eller Neova som har skapat en kvadratkilometer stor steril torvöken där varje ton torv som bryts hamnar i atmosfären som den klimatskadliga växthusgasen koldioxid.

I det här fallet handlar det inte om någon demonstration. Det är helt meningslöst att demonstrera på ett torvbrott där det inte finns en människa. Här gjorde vi istället ett direkt arbete för klimatet. Vi kommer därför försvara oss med hänvisning till nödrätten. Det är ett klassiskt försvar inom fredlig civil olydnad. Man bryter osjälviskt mot lagen för att förhindra en ännu värre skada eller orättvisa. I brottsbalken 24 kap. 4 § står det att handlingar som normalt utgör brott är tillåtna om de begåtts i nöd och inte är oförsvarliga. Nöd är en objektiv ansvarsfrihetsgrund som är tillämplig när fara hotar liv, hälsa, egendom eller allmänna intressen. Alltså precis vad vi gjorde i torvbrottet.

I nödrätten argumenterar man under en rättegång i tre faser. För det första måste man fastslå att det faktiskt existerar ett klimatnödläge som man försökt förhindra. Där har vi kommit så långt att i princip alla tingsrätter i Sverige idag erkänner att vi har ett klimatnödläge. Det är intressant att domstolarna här ligger före politiken eftersom ingen svensk regering ännu har erkänt att vi befinner oss i ett klimatnödläge. Idag försöker vi i rättegångarna därför istället befästa nödsituationens omfattning och akuta läge, både för att ge vikt till vårt agerande men också för att mota eventuella mjuka förnekare bland nämndemän, domare och åklagare.

När man väl fastslagit att vi är i ett nödläge så gäller det att visa att politiker och myndigheter misslyckats med att hantera risker för liv, hälsa och egendom. Det står i lagtexten att det i första hand åligger myndigheterna att avhjälpa nödläget. Man får alltså inte ta lagen i egna händer och agera om myndigheterna har kontroll över situationen. Om man ser hund i en varm bil en sommardag får man inte bara krossa fönstret. Man måste kontrollera om det exempelvis finns en polis i närheten. Då skall man upplysa om läget så att polisen kan hantera situationen. Vår uppgift i klimaträttegångar är att göra det uppenbart att det parlamentariska politiska systemet aldrig har varit i närheten att kunna hantera det hot vi står inför. Här lyfter vi fram de klimat- och miljömål som myndigheterna misslyckats med, att regeringens egna klimatpolitiska råd och myndigheter som Naturvårdsverket totalsågar den rådande klimatpolitiken samt att Sverige bryter mot ratificerade internationella avtal om klimatet. Myndigheterna har haft sin chans, det gör att vi medborgare har rätt att agera för att stoppa förödelsen.

Jag minns när min dotter Thea var i rättegång i Lunds tingsrätt för en klimataktion. Åtalspunkten var "Ohörsamhet mot ordningsmakten" eftersom hon inte följt polisens order att avlägsna sig från platsen. Hon la fram bevisning om nödrätten och argumenterade briljant i pläderingen varför hon var tvungen att agera och inte lyda polisen där och då, för att på något sätt minska det hot vi alla står inför. Som stolt pappa gick jag med tårar i ögonen fram och gav henne en stor kram efteråt. Vi gick sedan hem och lagade vegansk lasagne tillsammans. En vecka senare kom domen, 30 dagsböter. I domslutet, motiveringen till domen, stod det:

"Att samhället godtagit vissa risker innebär att den enskilde måste finna sig i att denne själv och andra kan bli utsatt för samma risker."

Tingsrätten skrev alltså, svart på vitt, att min dotter är tvingad av domstolen att acceptera de risker som klimatförändringarna innebär för hennes liv. Det var så provocerande att jag var tvungen att läsa igenom motiveringen gång på gång. Min tolkning är att domstolen missat att värdera myndigheternas agerande, eller icke-agerande, för att avhjälpa hotet och därmed hade de brustit i sitt oberoende och förutsatt att statens handlande är ofelbart. Men konsekvensen blir att Thea måste acceptera en värld med matbrist i butikerna, översvämningar, extremväder samt värmeböljor och torka som kommer leda till både gigantiska flyktingströmmar och massdöd. Bara för att våra myndigheter säger att riskerna är acceptabla. Om nu domar antas ha en avskräckande effekt hade den där och då precis motsatt effekt på mig. Min motivering till att vara olydig blev starkare än någonsin.

Den sista fasen i bevisningen runt nödrätten handlar om att det måste finnas en koppling mellan agerandet och att klimatförändringarna minskar. Det måste åtminstone vara troligt att våra handlingar har en möjlighet att avhjälpa nödläget. Det är här jag nu sitter och funderar på vad jag ska säga i häktesförhandlingen. Jag försöker komma ihåg vad vi skrev i pressreleasen och i debattartiklarna. Hur mycket årlig produktion av torv har vi i Sverige och vilken andel står Neova för? Hur många ton torv bryts varje år i Flymossens torvbrott och hur mycket koldioxid hindrade vi att hamna i atmosfären innan polisen stoppade oss? Jag brukar inte lägga siffror på minnet och jag har nu ingen möjlighet att ta reda på det. Jag reser mig upp i cellen, går runt och försöker tänka. Jag kanske kan beskriva i allmänna ordalag hur vårt arbete återställde vattennivån och hindrade torven att komma i kontakt med luften och omvandlas till koldioxid samt att vi direkt stoppade brytning av torv i åtminstone tre dagar. Men det blir inte lika effektivt om man inte har siffror. Då slår det mig plötsligt att informationen finns i de enda papper jag har i cellen. I förundersökningen står ju en beräkning av produktionsbortfallet som Neova använder som underlag till det framräknade skadeståndet. Jag bläddrar igenom pappren och hittar uppgiften. 150 000-200 000 kubikmeter per år. Det är ju helt underbart! Det är en källa domaren måste godkänna. Nu gäller det att räkna. Om jag kommer ihåg så ger varje kubikmeter en kvarts ton koldioxid, vilket borde betyda 37 500 till 50 000 ton koldioxid per år. Enligt en ny forskarrapport som räknat på det estimerade antalet döda i förhållande till utsläpp av växthusgaser så tror jag det, lågt räknat, stod att 5 000 ton koldioxid motsvarar ett framtida dödsfall. Det betyder att varje år resulterar Neovas brytning av torv på Flymossen tio människors död.

Jag bestämmer mig för att gå helt på nödrätten och använda uppgifterna från förundersökningen. Om det kommer upp frågor hur många diken jag grävde igen så kommer jag säga att jag grävde igen så många jag hann. Hade jag inte blivit hindrad av polisen så hade jag fortsatt med att proppa igen alla diken i torvbrottet för att återställa mossen. Jag vet att jag kommer få frågan om vad jag kommer göra om jag blir släppt för att avgöra hur stor återfallsrisken är. Jag kan inte ge något annat svar än att jag kommer åka ut till Flymossen igen för att fortsätta arbetet. Jag ler lite för mig själv när jag tänker på vad advokaten kommer att tycka om min plan. Hon kommer verkligen inte att gilla det. Om man vill bli frikänd eller släppt så bör man svara tvärtom, tona ner skadan och lova att inte fortsätta. Jag är inte intresserad av att bli släppt. Jag är helt fokuserad på att åtminstone vinna någon liten delseger runt nödrätten i ett klimatmål när den kommande rättegången hålls. Om jag inte lyckas med det så vill jag i alla fall vinna den moraliska segern vilket senare kan användas i samhällsdebatten. Är det rimligt att fängsla personer som bara gräver igen diken för att hindra utsläpp av livsfarliga klimatgaser? Vem är den egentliga skurken i sammanhanget? Mitt mål är att få till en samhällsförändring. Trots att rättegångarna är viktiga är de bara ett av alla många verktyg i kampen.

Gemenskap

Juridiken tar på krafterna, både intellektuellt och känslomässigt. Jag ligger på madrassen med händerna knäppta i nacken. Just nu är jag helt tom på tankar i huvudet och det gör att alla mina andra sinnen skärps. Jag lämnar den språkliga världen och bara känner. Jag faller ner i någon form av meditation. Tiden stannar och rummet förvandlas, förvrängs, och jag upplever det helt annorlunda. Jag är medveten om min kropp och cellen runt omkring. Min uppmärksamhet vandrar mot betongväggarna. Jag föreställer mig dem helt mjuka och så tunna. Genom väggen anar jag en cell till och en till bortom den. Jag lägger handen mjukt på väggen och känner en gemenskap med mina vänner. Bakom den för mitt sinne papperstunna väggen ligger en av mina vänner så nära, också med handen mot väggen. Jag vet inte vem det är men jag känner hjärtat slå mot min handflata. Mitt eget hjärta slår också och jag känner en så stark kärlek till de andra. Har de som jag ett fönster mot gården där de kan se blommor och träd? Blev de stärkta av förhöret när de berättade om vårt arbete eller var de rädda och tvivlade i stunden? Kan de känna samma lugn och frihet som jag känner? Har de fått en filt eller ligger de och fryser? Jag blir otroligt imponerad av dessa människors beslutsamhet och blir rörd av att vara del av denna fina kärleksfulla grupp. Jag tänker på Margaret Meads välkända citat:

"Tvivla aldrig på att en liten grupp av eftertänksamma engagerade individer kan förändra världen. Det är faktiskt det enda som någonsin har gjort det."

Jag brukar tänka på det citatet när jag behöver hopp, en anledning att kämpa vidare trots att det ser ensamt och mörkt ut. Men nu ger citatet mig en annan innebörd. Det är de andra aktivisterna, bakom väggen, som är hoppet. De skapar hopp själva mot alla odds, emot den passiviserande lockelsen av bekvämlighet och trygghet. De ser igenom sina egna egoistiska behov för att klarsynt förstå vad som är viktigt på riktigt i denna värld. Jag hoppas att de vet hur betydelsefulla de är och att de befinner sig på rätt plats här inne. Just nu känner jag mig lite svag och ensam och har svårt att se min egen roll i motståndet. Som om jag inte riktigt förtjänar att vara med.

Jag reser mig plötsligt oroligt upp. Skakar otåligt av mig tankarna och känner att jag måste ut i korridoren för att se var de andra är. Jag ringer på klockan.

"Ja, det är vakten" svarar det genom högtalaren.

"Jag behöver gå på toaletten" säger jag.

"Ja, vi kommer om en stund" svarar vakten.

Några minuter senare rasslar låset och dörren öppnas. Jag går tillsammans med vakten bort till toaletten. Samtidigt studerar jag dörrarna i cellerna jag passerar. Bredvid dörren finns små fack där det sitter informationslappar. På cellen bredvid min står det "Vegan" och "Inga restriktioner". Jag ler för mig själv. Sannolikheten att en av mina vänner sitter där måste vara nästan 100 procent. Jag föreställer mig att det är Patrik som är där bakom dörren, vår lugna värmlänning som alltid är på gott humör. Jag vet att han har det bra i alla fall.

Inne på toaletten har någon blött toalettpapper och format bokstäverna ÅV, Återställ Våtmarker, på väggen bakom toaletten. Jag känner mig rebellisk, kämparglöden tänds inom mig. Vakterna är noga med att man inte får klottra men detta meddelande anser jag är ett rättfärdigat sätt att ingjuta mod och stärka gemenskapen. Jag känner mig dock lite feg i stunden så jag nöjer mig med att vika pappret i toarullen på samma sätt som man brukar se på hotell med förhoppningen att det kan glädja någon lite.

Tillbaka till cellen ser jag att de satt en bricka med mat på golvet. Microvämd Chili Sin Carne med ris och till efterrätt ett äpple. Jag sätter mig tillrätta med ryggen mot väggen och låter måltiden än en gång ta tid. Det gäller att dra ut på de stunder som kan ge lite njutning. Sakta tar jag tugga efter tugga med träbesticken och känner in smaken och konsistensen. Det är så otroligt gott som bara cellmat, eller fjällmat, kan smaka. Jag anpassar mig för att äta långsamt men innan maten har kallnat helt. När Chilin är uppäten biter jag sönder träbesticken och gör mig en tandpetare. Sakta och metodiskt gör jag rent mina tänder medan jag funderar på om jag skall äta äpplet. Ibland brukar jag spara så jag alltid har en frukt i cellen om jag får ett sötsug. Jag bestämmer mig för att köra efterrätt också idag. Jag tänker på min dotter Thea som alltid äter upp hela äpplen, skrutt och allt. Jag gör samma. Äter äpplet från ena sidan till den andra, inte runt som jag vanligtvis brukar göra. Skaftet sparar jag till sist. Det äter jag också upp mest för att vara lite mer drastisk än min dotter, att få tillfälle att skämta med henne att hon är kräsen. Jag glädjer mig över att kunna berätta det för henne när vi ses.

Mätt lägger jag mig på madrassen igen och drar filten över mig. Jag har ingen lust att läsa just nu. Tankarna går tillbaka till torvbrottet och mina vänner. I bilen till torvbrottet satt vi en brokig skara vänner. En pensionär, en sjuksköterska, en student, en entreprenör och så jag. Vi diskuterade vad vi egentligen har gemensamt. Vad är det som gör att vi är på väg till torvbrottet ännu en gång för att gräva igen diken trots att polisen varnat oss om att brottet kommer betraktas som grovt om vi fortsätter? Vi enades att vi alla agerar på det vi vet. Vi tar ansvar över den hopplösa situation vi befinner oss i genom att göra det mest effektiva vi kan tänka oss. Det är inte säkert vi har rätt eller lyckas men vi är i alla fall helt ärliga med våra motiv. Det finns en djupare fråga som vi inte hann prata färdigt om. Varför agerar vi på det vi vet? Med tanke på att det finns massor av människor som vet precis hur illa det är men inte gör något eller som agerar symboliskt för att visa att de "tar ställning" så är svaret inte självklart. Vi alla i bilen var fullt fokuserade på att återställa torvbrottet till en levande våtmark och stänga ner den skadliga verksamheten. Det fanns inget symboliskt i vårt arbete.

Frågan gäckar mig ännu en gång. Vad är det som avgör att vissa människor står upp i mörka tider och gör motstånd, trots allt obehag och alla risker? Jag tänker på Ludde, vår skäggige, långhårige skogsbjörn, som sitter här någonstans tillsammans med mig. Jag vet att han ser förödelsen överallt, från masskonsumtionen på varuhus som Rusta och Jula till det ohållbara jordbruket och skogsbruket. Jag vet att han inte gillar den överprocessade maten här inne men jag vet också att han står ut. Det hade varit bekvämare för

Ludde att bara dra sig undan, odla sin egen mat och hålla sig så lång borta från det destruktiva samhället som möjligt. Jag vet att det är många som väljer just det. Ludde däremot går självklart in i aktioner som att det är den naturligaste sak i världen. Kanske får han sin kraft till att agera från orättvisan, att det inte borde vara så här? Emma vet jag gör det av kärlek till allt levande. Jag kommer ihåg när hon och Maj smetade färg på Monettavlan på Nationalmuseet. Som sjuksköterskor var det mycket viktigt för dem att koppla samman aktionen med etiken i sin yrkesroll, att deras uppgift är att minska lidande och rädda liv. Kanske det var orsaken till att hon satt på traktortaket igår, fastlåst nacke mot nacke med David via bygellås runt halsen? Jag känner att vi måste ge oss tid till att prata mer om det här när vi träffas på utsidan.

Mediearbete

Värnamo polisstation natten till den 21:e juli

Jag vaknar till svettig och orolig och ser mig omkring. Klockan kan inte vara mycket. Det är mörkt ute och nattljuset i cellen är fortfarande på. I drömmen argumenterade jag mot åklagaren i häktesförhandlingen. Det var som en filminspelning där scenerna togs om gång på gång tills replikerna satt. Argumenten och retoriken snurrar fortfarande i huvudet på mig. Ligger och försöker samla ihop vad jag kommit fram till under natten. Jag tar upp ett av mina papper och skriver ner några bra formuleringar och nya vinklar, som att samhällsdebatten ofta påverkar bedömningen i rättegångarna. Jag brukar lösa problem i sömnen när jag är uppe i varv kvällen innan. När jag pluggade matematik på universitetet kunde jag ibland vakna mitt i natten med lösningen på ett problem jag inte hade kunnat lösa dagen innan. Det räckte att jag skrev ner några stödanteckningar för att jag skulle kunna lösa uppgiften på morgonen därpå. Samma sak när jag studerade filosofi. Några av mina bästa tankar har såtts som frö under vargtimmarna i sängen.

Jag bryr mig uppenbarligen mer om häktesförhandlingen än jag har erkänt för mig själv. Jag bryr mig inte om hur utfallet blir, om jag blir häktad eller släppt. Kampviljan i mig vill till och med att jag skall bli häktad eftersom då sätts saker på sin spets. Det som nu får mig att jobba på natten är känslan för rättvisa och sanning. Jag vill inte att jag skall bli häktad på felaktiga grunder som att nödrätten inte kommer fram eller att man undervärderar klimatkatastrofen. Om de häktar mig för att de inte vågar ta ett kontroversiellt beslut eller att de med all fakta till hands struntar i torvbrottens klimatpåverkan så är jag nöjd. Jag vill att det ska vara tydligt varför jag blir häktad.

Jag lägger ner pennan. Nu måste jag sova resten av natten. Jag kan sova middag hur mycket som helst imorgon men det är inte bra att grubbla för mycket på småtimmarna och förstöra dygnsrytmen. Det är viktigt att hålla sovtiderna så bra jag kan. Jag lägger mig och fokuserar på en lång fjällvandring. Jag ser ett fjäll långt borta i horisonten som jag vandrar mot. Vid mina fötter rinner en bäck och fjällbjörkarna har jag lämnat bakom mig. De ersätts av ljung, kråkbär och på de kala hällarna växer lav i olika färger. Steg för steg faller jag snart in i en lugn, djup sömn.

Värnamo polisstation, fredagen den 21'e juli

Jag vaknar av att luckan öppnas i dörren och vakten säger: "Godmorgon, dags för frukost".

"Oj, vad jag sov länge idag", säger jag.

"Vad är det man brukar säga, ett gott samvete är den bästa huvudkudden", svarar han med ett leende.

"Precis, så är det. Jag kanske ska kalla dig som vittne till häktesförhandlingen?" skojar jag.

"Inga problem, jag är alltid till tjänst", svarar han, räcker över brickan och lämnar cellen.

Efter frukost tittar jag på min anteckning från natten, "Påverka samhällsdebatten". När vi pratar med jurister om vilket straff våra aktioner kan få brukar de beskriva en trolig påföljd men de lägger samtidigt in brasklappen att om samhällsdebatten hårdnat kan det mycket väl bli allvarligare straff. I Återställ Våtmarker upplevde vi det när brottsrubriceringen sabotage började användas mot oss i motorvägsblockaderna i Stockholm direkt efter att några riksdagsledamöter offentligt hade kallat oss sabotörer. Det mest utmärkande för rättsväsendets hantering av klimataktivister i Sverige idag är dock den stora osäkerheten. Det är flera gånger jag innan en aktion tänkt att jag inte har en aning om jag kommer sitta inlåst om några timmar eller om det blir en lugn demonstration med poliseskort. Godtyckligheten går även igen i rättssalen, vissa blir helt friade och andra åker dit för sabotage och får villkorlig dom och höga böter för samma eller liknande handling. När jag blockerade motorvägen vid Årsta fick jag inget åtal alls samtidigt som mina vänner dömdes för sabotage och fick villkorligt. När jag däremot gick i ett demonstrationståg, från Alvik över Tranebergsbron till Kungsholmen, blev vi alla gripna och senare anhållna för sabotage trots att vi inte blockerade trafiken. Detta problem har uppmärksammats och kritiserats internationellt av FN vilket även den nystartade myndigheten för mänskliga rättigheter i Sverige instämmer i.

Att döma av den grova brottsrubriceringen verkar det idag vara liknande situation som när sabotageåtalen kom. Det hade varit bra att få in en debattartikel i en av de lokala tidningarna innan häktesförhandlingen för att offentligt ge vår version av det inträffande. Men det är bråttom. Idag är det fredag och den måste skickas innan helgen för att den ska ha en chans att publiceras i tid. Jag tar fram några tomma papper och börjar fundera på upplägg.

Jag vet inte vad som skrivits de senaste dagarna men vi har varit ute några veckor i olika torvbrott i Mellansverige och mest fått lokal press. Media följer en speciell logik när vi börjar våra aktionsvågor. Först kommer nyhetsartiklarna som kriminalreportrarna skriver. De är vana vid att "gärningsmannen" inte vill stå med namn och bild så därför anonymiseras vi och journalisten fokuserar på att få en intervju med polisen istället för att lyssna på oss. Det blir mycket vinklade artiklar som handlar om hur många aktivister som gripits och hur stor störning eller skada aktionen inneburit enligt polisen, men inget om syftet med aktionen. Det är därför vi i Återställ Våtmarker har vårt krav i namnet på rörelsen och vi är mycket noga med att banderollerna med budskapet är synliga i bild. Så om en bild publiceras eller om vi omnämns som rörelse så får vi åtminstone med kravet som vi kämpar för.

Om vi är ihärdiga och fortsätter med störande aktioner så brukar andra journalister få upp ögonen för vårt agerande. Då kommer debattartiklar och krönikor som kommenterar våra aktioner, vilka vi är, varför vi handlar och hur det är kopplat till samhället i allmänhet. När vi började sätta oss på motorvägarna med "Återställ våtmarker"-banderoller var det till en början helt obegripligt. Folk frågade sig "Vad har motorvägar med våtmarker att göra? Vad är egentligen en våtmark? Varför bryr de sig så mycket om just våtmarker?" När vi fortsatte vara på motorvägarna kunde inte frågorna bli hängande i luften längre. Vi blev intervjuade och fick förklara att torvmarker bara täcker 3 procent av jordens landyta men innehåller dubbelt så mycket kol som alla jordens skogar, så allt torv måste stanna i marken. Mängden växthusgaser som släpps ut från utdikade våtmarker utgör hela 6 procent av de globala koldioxidutsläppen, vilket är mer än dubbelt så mycket som koldioxidutsläppen från det globala flyget. Här började folkbildningen i Sverige om torrlagda våtmarkers klimatpåverkan. Forskare och experter blev inbjudna till radio och TV för att förklara sambanden och vi fick mer och mer utrymme att förklara våra mål och motiv. Plötsligt visste folk vad en våtmark är och varför de är så viktiga.

Nästa fas, som kom ungefär ett halvår efter att vi äntrat motorvägarna, var de mer djuplodande reportagen, poddarna och debattprogrammen. Där fick man se människan bakom aktivisten och att vi bara är vanliga oroliga människor från alla åldersgrupper och yrken. Myter, som att vi är impulsstyrda känslomänniskor, avfärdades och vi kunde på djupet förklara den katastrofala situation vi befinner oss i och vad man gör åt det. Dokumentärfilmer spelar mindre roll för det aktuella kravet eftersom de ofta släpps många år senare då striden redan är avgjord. Däremot kan de vara viktiga för en framtida allmän mobilisering till ett fredligt motstånd.

I Återställ Våtmarker är medieträning en viktig del i arbetet. Det handlar inte om den slipade medieträning som politiker och näringslivschefer får av dyra kommunikatörer som mest skapar kalla mediala robotar. Vårt mål är att vara helt uppriktiga och öppna i varje intervju, gärna låta personligheten lysa igenom för att visa varför just jag agerar för klimatet.

Jag minns när jag var med Skogsupproret i Sápmi norr om Boden. Vår uppgift var att hindra Sveaskogs skogsmaskiner från att, mot de lokala samebyarnas vilja, hämningslöst kalhugga utan hänsyn till naturvärden, klimatet eller renarnas livsvillkor. Från att ha undvikit media hade jag successivt vant mig vid rollen att ta intervjuer både för tidningar och framför kamera. Vid vårt basläger, där vi utbildade i trädklättring, skulle jag bli filmad och intervjuad vilket jag kände mig lugn och trygg med. Jag var väl påläst både runt samernas rättigheter och vad Sveaskogs skövlingar har för påverkan på klimat och miljö. Jag svarade självsäkert på frågorna och intervjun gick som ett rinnande vatten. Efteråt kom Elvin, min vän och kollega i XR, fram till mig och sa: "Pontus, du gör det för perfekt. Du låter precis som de professionella känslokalla politikerna och cheferna i företagen." Han hade helt rätt. I min iver att vara professionell hade jag tappat min personlighet, vår mänsklighet och kunde inte förmedla varför vi egentligen var där och blockerade skogsmaskiner. Efter den intervjun har jag mer fokuserat på vad det är jag vill förmedla. Jag förbereder mig alltid som förut med att vara noga påläst men koncentrerar mig på att ha en genuin känsla eller attityd med mig in i studion. Alltid med inställningen att vara helt ärlig rakt igenom och inte dölja eller förvanska någonting.

Syftet med medieträning är också att vi vill att många olika röster ska höras för att visa bredden i rörelsen. Det kan vara skrämmande att få en mikrofon under hakan om man inte är van och då måste man få stöd och träna för att känna sig trygg. Det är lätt att annars tappa tråden, bli stel och inte få ut det budskap man vill. Jag vet att det är många som tycker det är lika läskigt att svara på reporterns frågor som att göra själva aktionen. Därför är det viktigt att poängtera att hantera media är en del av aktionen. Det är inget man gör för det är kul eller för att man vill synas eller bli känd.

De bästa och starkaste rösterna är oftast de som står framför mikrofonen eller kameran för första gången.

Det är endast med mer demokrati vi kan rädda oss från den katastrofala situation vi hamnat i och där är fri och fungerande media är en grundförutsättning. Den fria rösten och den öppna debatten, som en fundamental del av demokratin, måste alltid förstärkas. Trots att det finns exempel på mycket bra och pålästa journalister så är tyvärr den samlade mediebilden av klimatkatastrofen generellt nedtonad, snuttifierad och relativiserad. I samband med rapportering om klimatförändringarna och fredligt civilt motstånd finns det vissa fällor eller skadliga trender vi måste hantera och motverka. I Återställ Våtmarker har vi därför en medieanalys som ligger till grund för träningarna. Vi använder oss av det dramatiska för att skapa uppmärksamhet och få media att skriva om oss men ibland fastnar vi i dramat runt våra aktioner. Om det bara handlar om antalet gripna och åsikter om störningen så går läsaren miste om förklaringen om varför vi agerar som vi gör så ibland måste vi avbryta journalisten och styra om intervjun till syftet med aktionen.

I de fall när vi får förklara vårt agerande så fastnar journalister ofta i en snäv representativ parlamentarisk syn av vårt agerande istället för att se bredare på demokratiska metoder där andra regler gäller. De följer ofta politiker i sitt vardagliga arbete vilket gör att de ramar som styr partier blir en förutsättning för tolkning även för vårt agerande. När vi exempelvis gör folk förbannade går vi utanför de ramarna och vårt agerande blir obegripligt för många journalister. Om ett politiskt parti hade gjort sina väljare arga så hade de åkt ur riksdagen. Därför brukar proffstyckare förklara att vi är naiva och kontraproduktiva när vi gör aktioner i folks vardag. Vad de inte förstår är att vi har andra mål än politiker. Vår uppgift är att skapa opinion, inte behålla makten genom att följa opinionen. I en SIFO undersökning vi beställde visade sig att 12 procent stöttar våra metoder men hela 75 procent tyckte att det var en bra eller mycket bra idé att återställa våtmarker för klimatet. Man måste alltså skilja mellan vad folk tycker om våra metoder från vad de tycker om våra mål. Vi är inte i en popularitetstävling, en tiondel av Sveriges befolkning räcker gott och väl att mobilisera ifrån och att två fjärdedelar stödjer vårt krav visar att vi vunnit kampen om våtmarker. När man skapar opinion och folkbildar börjar man alltid med en minoritet av support. Vi är inte beroende av stöd från väljargrupper, politiska organisationer eller företag vilket gör att vi kan driva opinion runt impopulära frågor och använda oss av helt andra metoder än de verktyg som politiker är begränsade till.

Ett annat problem vi ständigt måste förhålla oss till är att journalister oftast är värderingsstyrda i val av ämne och inramning. Att skriva om fakta ger ingen dramatik. De förutsätter därför ofta att debatten handlar om olika särintressen som de vill ställa mot varandra, där de själva förhåller sig neutrala. Tidigare bjöds rena klimatförnekare in i studion som komplement till klimatforskare. Det är lika dumt som att i en debatt ställa en geolog mot någon som tror jorden är platt. Idag är det bättre men det förutsätts fortfarande alltför ofta att man kan tycka och ha en åsikt om vetenskaplig fakta. Journalister har idag svårt att skilja på sakförhållanden som klimatförändringarnas effekter från åsikter som exempelvis hur omställningen bör belasta olika grupper i samhället. Jag tror att det finns en rädsla i journalistkåren att ta parti för endera sidan vilket ibland kan få absurda konsekvenser när det kommer till fakta. Ett exempel är när Vetenskapsradion i P1 tolkade våra referenser till forskningsrapporter som Återställ Våtmarkers åsikter. Ytterligare en orsak till att media har så svårt att hantera vetenskaplig fakta tror jag beror på att de flesta medier är mer inriktade på att beskriva samhällsföreteelser, såsom politik och samhällsekonomi, än att beskriva naturvetenskapliga företeelser. De journalister och skribenter som faktiskt bevakar klimatet är alldeles för få och jag har själv hört berättelser om att de många gånger blir stoppade i redaktionsledningen. Jag har också haft diskussioner med liberala ledarskribenter som medger att de hela tiden håller sig i mitten av debatten, som om deras ideologiska övertygelse föregår sanning. Låt oss slå fast att det inte finns något modest eller rimligt i naturvetenskapen. Det går heller inte att kompromissa med sanning. Vetenskapen är full av absurda radikala fakta, som att objekt blir tyngre i höga hastigheter, en Poppel har dubbelt så mycket DNA jämfört med människan och att det finns fossiler av fiskar på Mount Everests topp. Det viktiga med den samlade vetenskapen är att den måste ligga till grund för den gemensamma samhällsdebatten. Det betyder inte att vi skall sluta att ifrågasätta och utveckla vetenskapen men börjar vi tro att man kan rösta om naturvetenskap, att vi kan tycka om mätbara resultat eller att ideologi föregår vetenskaplig metodologi så är vi inne på en mycket farlig väg. Då urholkas meningen i det vi säger och påstår, allt blir obegripligt och den enda grund vi har att mötas försvinner.

Det är snart två dagar sedan jag greps och idag är det fredag. Om jag tänker rätt måste jag ha häktesförhandling idag om det inte ska ske i helgen. Jag tvivlar dock på att de kommer sammankalla till förhandling under helgen. I vilket fall måste artikeln gå till tidningen idag. Jag skriver färdigt debattartikeln som kort beskriver vad som hände på mossen, att torvbrytning är mer klimatskadligt än brunkolsgruvorna i Tyskland och att finska regeringen som kammar hem miljarder i EU-stöd för att fasa ut sin torvbrytning samtidigt expanderar i Sverige med sitt statliga bolag Neova. I slutet beskriver jag den ökande repressionen mot klimataktivister i Sverige. Istället för att lyssna på vad vi har att säga buras vi in. Jag avslutar med att skriva under med "Pontus Bergendahl - från cellen på polisstationen i Värnamo", för att tillsätta lite medial krydda. Jag tror att artikeln kommer att publiceras eftersom våra aktioner har blivit en lokal följetong i tidningarna och en artikel från insidan ger ett intressant drama. Kanske får artikeln domaren och åklagaren att förstå att det kan bli en medial uppmärksamhet om det blir häktning för oss. Jag vill i alla fall göra häktningsbesluten så svårt jag kan för dem. De ska inte kunna agera under radarn.

Jag ligger en stund och vilar med mina papper bredvid mig. Jag tänker på hur olika ingenjörer jobbar jämfört med hur klimatfrågan hanteras. När man planerar hållfastheten i en hiss räknar ansvariga för varje del i processen i överkant för att ingen katastrof ska inträffa. Kabeltillverkaren vet att kabeln håller för mycket mer men har marginaler, bultarna som håller fast hisstrumman längst upp i schaktet håller för det mångdubbla. Produktchefen för hela hissen lägger därefter till lite extra på gränsvärdena i säkerhetsmanualen för att en olycka aldrig skall kunna inträffa. Resultatet är en säker hiss som troligtvis kan ta den dubbla angivna vikten.

När det kommer till klimatet är det precis tvärtom. Klimatforskarna kan inte lova hur stora konsekvenserna kommer att bli eftersom det rent vetenskapligt alltid finns en liten osäkerhet. När resultaten sammanställs i IPCC filas formuleringarna ner för att alla ska vara överens. De får inte uppröra folk för mycket för då får regeringarna problem. De mest drastiska resultaten blir på så vis urvattnade.

När media sedan läser de släppta rapporterna tonar journalister oftast ner resultaten och lägger därefter till lite hopp, i rädsla för att kallas alarmistiska, oseriösa eller att de inte vill skrämma folk. I stället skriver de trevliga historier om hur tekniken ska komma att rädda oss eller att det i alla fall är bra att politikerna pratar med varandra på klimatkonferenserna. De fall när man får en liten insikt i katastrofens konsekvenser är när dagens naturkatastrofer som översvämningar och skogsbränder fyller TV-rutan och tidningarna. Men eftersom man inte får någon förklaring av fördröjningen mellan utsläpp och effekt framställs katastroferna som konstanta eller till och med övergående. Att effekterna av klimatförändringarna kommer bli mycket värre de närmaste decennierna, oavsett vad vi gör på grund av klimatlatensen och koldioxidens halveringstid, presenteras inte.

Den rapportering vi ser i medier är sammantaget oftast antingen glädjekalkyler eller detaljstudier som missar den sammantagna bilden på global skala. Den bild vi får om klimatet via medier är därför både vilseledande och felaktig vilket medför att de flesta medborgare inte får den kunskapsmässiga grund som behövs för att ta de nödvändiga rationella besluten.

Jakten på ledarna

Jag tänker precis ringa på klockan för att försöka få ut artikeln när luckan öppnas och en vakt säger:

"Jag har två poliser här som vill hålla ett förhör med dig."

"Ett till?" säger jag. "Jag har ju redan blivit förhörd."

Låset i dörren rasslar och öppnas. Två kvinnliga poliser i civila kläder står i dörröppningen. Jag gissar att de båda är i 40-årsåldern och de ser precis ut så som jag föreställer mig poliser, lite lagom vältränade som från en Beck film.

"Vi behöver komplettera lite uppgifter", säger den ena polisen. "Jag heter Marie och min kollega här heter Anna."

"Pontus heter jag", säger jag samtidigt som jag rafsar ihop mina papper, artikeln och en penna.

"Pennan behöver du inte ta med dig", säger hon.

Jag förstår att de ser den som ett potentiellt vapen och därför lämnar jag den på madrassen. Jag passar på att fråga: "Skulle vi kunna fixa en kopp kaffe på vägen?"

Vi går igenom rader av celler, in i en trappuppgång och uppför en trappa. Jag får en märklig känsla att världen är så stor utanför cellen. Som gammal orienterare vill jag alltid veta var jag är, vart norr pekar och hur jag förflyttar mig. Jag är helt upptagen att orientera mig men det är svårt med alla 90 grader svängar. Till slut kommer vi in en kontorsliknande korridor med heltäckningsmatta.

"Välkommen", säger Marie samtidigt som hon öppnar en av dörrarna. Jag sätter mig på en stol fastskruvad i golvet och har ett skrivbord mellan henne och mig. Vi går igenom lite formalia, som mina rättigheter, medan datorn startar. Anna kommer in i rummet med en kopp svart kaffe till mig.

"Okej, klockan är nu 10:32 och vi börjar förhöret med Pontus Bergendahl", säger Marie med telefonen på inspelning mitt på bordet. Hon skjuter över några bilder mot mig.

Är det här din dator och mobiltelefon", frågar hon.

"Ja", svarar jag.

Jag förstår direkt att de måste ha gjort husrannsakan i vandrarhemmet på Store mosse där vi bodde. Vi har aldrig med oss telefon eller dator när vi riskerar att gripas eftersom det finns en risk att de beslagtas. Jag hade plockat upp dem från gömstället i förrgår för att göra lite mediearbete innan vi åkte iväg till torvbrottet. Sen blev det så stressigt att jag inte hann gömma dem igen. "Skit också!" tänker jag. Nu kommer de vara beslagtagna en lång tid, kanske upp till ett år. Jag har en ganska aktuell backup där hemma så det är lyckligtvis inte så mycket arbete jag kommer tappa. Både mobilen och datorn är krypterade och jag minns att jag stängde ner dem, så det är ingen fara att de kommer kunna ta del av innehållet. När jag jobbade med krypteringsalgoritmer för superdatorer gjorde vi en överslagsräkning hur mycket det skulle kosta att knäcka de vanligaste krypteringarna. Om det ens var möjligt så skulle det krävas oerhörda resurser vilket jag tvivlar på att de är beredda att satsa på mig.

"Vad finns det på dem", frågar hon.

"Det är min dator och telefon som jag använder i jobbet. Det finns dokument, artiklar, e-post och liknande som du vanligtvis hittar i en arbetsdator. I telefonen finns väl lite bilder också", svarar jag.

"Bilder på vad", frågar hon vidare.

"Jag förstår inte vad du är ute efter. Ni har ju redan haft förhör med mig och det är ingen hemlighet att jag var på torvbrottet och grävde igen diken. Jag är öppen med allt jag gjorde så finns det några oklarheter så är det bara att fråga istället för att ta min telefon och dator. Allt finns förresten dokumenterat och publicerat på våra sociala medier."

"Jo vi vet", svarade hon och istället för att fråga vidare skickar hon över några bilder till.

"Vet du vad detta är?" säger hon. Bilderna föreställer några kuvert med text som "Översiktskarta Rasta Ryd mosse", "Olika mossar i Örebro län, Neova Hasselfors" samt "Fabriken Bredaryd - Flymossen Bredaryd". Jag antar att det är utskrivet material från planeringen av torvaktionerna.

"Nej, jag vet inte", svarar jag sanningsenligt. "Har det någon relevans för mitt fall?" frågar jag tillbaka.

Hon frågar vidare, "Vad gjorde du den 17 januari i år?"

"Mitt i januari?" tänker jag för mig själv. Det var ju över ett halvår sedan. Hur skall jag kunna veta det? Då svarar jag plötsligt: "Ja! Jag vet precis vad jag gjorde då. Jag satt i fängelse på Tygelsjöanstalten. Ni kan kolla upp det om ni vill. Bättre alibi för vad du nu misstänker mig för kan jag inte ha."

Då vrider hon skärmen mot mig och spelar upp en video med mig i närbild där jag håller ett tal via zoom. Jag ser direkt att det är ett inspelat tal som spelades upp på ett stormöte när jag satt inne.

"Ja, det är så klart jag. Det var ett inspelat inlägg som visades på mötet som senare publicerades på sociala medier", säger jag.

"Du säger att ni måste stänga ner torvindustrin i Sverige. Vad menar du med det?" frågar hon.

Jag blir lite irriterad och svarar, "Precis vad jag sa i talet. Torven måste stanna i marken om vi ska ha en chans. Om inte regeringen förbjuder torvbrytning så gräver vi igen dikena själva och kastar ut Neova från Sverige."

"Var du medveten om att denna video skulle användas på mötet och sedan publiceras?" fortsätter hon.

Jag känner att hon försöker lura mig till att försäga mig eller prata om annat som de kan använda mot mig eller mina vänner. Det kommer flera följdfrågor om mitt tal och jag förstår att hon fiskar efter ledarna i Återställ Våtmarker och vem som planerat aktionen. Till slut blir jag förbannad och säger:

"Lägg av med det där! Jag är misstänkt för grovt olaga intrång och grov skadegörelse. Jag ljuger aldrig för polisen men jag kommer inte svara på fler frågor som inte har med misstankarna att göra."

Hon säger: "Varför är du så nervös? Är det du som planerat aktionerna på torvtäkterna?"

"Jag är inte nervös", svarar jag. "Däremot blir jag irriterad på ditt fulspel. Jag förstår precis vad du håller på med. Du fiskar efter andra åtalspunkter mot mig och mina vänner. Var öppen och ärlig med det istället."

Jag fortsätter: "Jag vet att klimataktivister döms till långa fängelsestraff för konspiration i exempelvis England. Är det vad du försöker införa i Sverige nu också? Eller försöker du stänga ner vår rörelse med stöd av terroristlagen?"

"Lugna dig nu, jag ställer bara några frågor", svarar hon.

"Så fan heller, det här är inte något fikasnack. Det vet både du och jag", svarar jag.

"Nu fortsätter vi förhöret", säger hon och frågar om jag känner Alfred som omnämns på kuverten. Jag säger: "Jag svarar bara på frågor om mig själv, så ingen kommentar". Hon går i tur och ordning igenom alla som var på Flymossen och frågar om jag känner dem, vilket ansvar eller roll de hade i aktionen samt om de hade skrivit några av de dokument de hittat. Jag fortsätter att svara "Ingen kommentar" på alla frågor. Till slut avslutas förhöret och jag passar på att fråga:

"Du vet att jag inte har några restriktioner. Jag har några sidor text som jag måste få ut som har med mitt försvar inför häktesförhandlingen att göra. Skulle du bara kunna fotografera dem och skicka dem till den här mailadressen". Jag pekar på Återställ Våtmarkers mailadress som jag vet att Josefin har koll på.

"Det får du ta med häktespersonalen", svarar hon.

"Okej", svarar jag. Jag förstår att det nu inte hjälper att vädja till dem. De har gjort det helt klart att de försöker sätta dit oss på alla sätt de kan, om det så innebär att tänja paragrafer eller finkamma efter indicier för att få oss fällda. Jag var inte speciellt trevlig mot dem heller och jag känner mig nu lite skakig i kroppen.

Tillbaka i cellen tänker jag på alla de förhör jag haft med polis. Vanligtvis säkrar de upp de fysiska bevisen med enkla muntliga erkännanden, som "Var du på platsen?" och "Hörde du polisens order?" De få gånger de har frågat om vem som planerat så har det varit raka frågor som jag väljer att inte svara på. Denna gång var det annorlunda. De måste ha bevakat oss för att hitta var vi bodde och därefter gjort en noggrann husrannsakan. Förhörsledaren var inte fokuserad på omständigheterna runt det jag är misstänkt för. Hon hade annars kunnat fråga mer om hur mycket jag grävde igen och om jag förstod att det var olaga intrång att beträda torvbrottet. Nu fiskade hon efter något helt annat vilket gör mig orolig. Jag vet att vi någon gång kommer hamna i samma situation som England, Italien och Tyskland där aktivister åker dit för planering och uppvigling samt att de försöker stämpla rörelserna som kriminella eller ännu värre. Jag har flera gånger tänkt att jag måste kolla upp vilka risker det finns för ytterligare åtalspunkter inom detta område men jag har skjutit på det för länge. Nu får jag vara noga med att inte säga för mycket förrän jag kommer ut och kan läsa på. Det som lugnar mig är att hårdare repression kommer med ett pris för den rättskipande makten. Straffar man fredliga miljöförsvarare för hårt kan det få ett bakslag de inte räknar med. Jag blir nu själv riktigt förbannad. "Släpp ut mig så skall ni få se på uppvigling till grova brott", tänker jag. Jag kommer fortsätta skriva artiklar och hålla tal om fredligt civilt motstånd, mer alarmistiskt och mer inspirerande än någonsin. Gör det mig skyldig till brottslig anstiftan så sätts rättssystemet på prov. Låt oss se om vi vill ha ett samhälle där man fängslas för vad man säger och skriver. Jag kommer inte backa en millimeter, snarare tvärtom.

Att se fienden

Värnamo polisstation fredagen den 21:e juli

Jag ligger på min madrass och samlar mig inför samtalet med väktarna om att få ut min artikel. Jag är fortfarande upprörd efter förhöret. Det var bra att jag sa ifrån eftersom det kanske får dem att tänka efter vad de gör och på vems sida de vill vara i den här konflikten, men jag är förvånad att jag brusade upp mig. Egentligen är jag ganska konflikträdd och brukar inte bli så arg. Jag påminns om att det är ännu ett tecken att jag är mer känslomässigt involverad i den här kampen än vad jag själv inser. Det som gjorde mig förbannad var att de inte bara gjorde sitt jobb. Det var uppenbart att de anstränger sig långt utanför vad som krävs i tjänsten för att sätta dit oss.

Jag har träffat många tjänstemän och chefer i privata bolag som är oroliga för klimatförändringarna och känner sympati för vad vi gör. Jag minns efter en rättegång i Malmö tingsrätt när jag var åtalad för ohörsamhet mot ordningsmakten efter att ha blockerat Bergsgatan vid Möllevångstorget. Polisen hade fått lyfta in mig och de andra i polisbilar och kört oss till utsidan av stan där vi blev släppta. Åklagaren var mycket passiv under rättegången och följde endast kortfattat och sakligt de formalia som krävs.

Bevisningen gick mycket snabbt. En bild på mig i blocka-
den, uppläsning av förhöret på plats och ett polisvittne som
beskrev att orden förmedlades tydligt till alla demonstran-
ter. I min plädering lyfte jag fram rapporten från Director of
National Intelligence som överlämnades åt Joe Biden när
han tillträdde som president. Rapporten beskriver att de
stora globala tragedierna som missväxt, massvält och have-
rerad global livsmedelsförsörjning ligger så nära som 10-20
år bort. Jag avslutade med att säga att det är min moraliska
rätt och min moraliska skyldighet att agera för mina dött-
rars framtid. Det blev ingen replik. Efter rättegången skyn-
dade åklagaren ifatt mig på väg ut och sa:

"Jag ville bara berätta att jag stödjer er. Jag gör bara
mitt jobb. Fortsätt med det ni gör och lycka till."

Förvånad svarade jag, "Tack, det värmer att höra."

Det var inte läge att diskutera mer vad det innebär att
bara sköta sitt jobb. Jag har många gånger tänkt på vad som
fick henne att ta mod till sig och berätta för mig. Har hon
också barn? Har hon insett att de inte kommer få samma
rika lyckliga liv som vi har haft? Kanske är de också enga-
gerade i klimatrörelsen? När vi blockerade Vattenfalls kol-
kraftverk utanför Berlin kom direktören ut och berättade att
hans dotter demonstrerar för Fridays For Future. Han sa:
"Jag vet precis hur illa det är men vad vill ni att jag skall
göra? Vi kan inte bara stänga ner driften här och nu". Vi
svarade att vår uppgift inte är att sköta hans jobb men där-
emot att påtala att på hans pass släpper kraftverket ut ton-
vis med koldioxid varje dag. Om han fortsätter att skylla
ifrån sig och inte klarar att hantera sin position så kanske
det finns andra som kan ta hans plats. Jag skulle inte säga
samma sak till den ångerfulle åklagaren men jag hade gärna

haft en diskussion med henne om hur långt hennes person-
liga ansvar sträcker sig.

På gatan är det ofta poliser som inte vill ta ställning
och säger "Jag lyder bara order". Jag undrar om de inser
vilken historisk ironi det finns i det uttalandet. Om vi lärt
oss något från vårt mörka 1900-tal så bör det vara att det
inte finns något yrke eller roll som kan rentvås från mora-
liskt ansvar. Alla har ett val och det finns alltid utrymme att
agera efter ens samvete. I Nurnbergrättegångarna efter kri-
get ändrades för alltid västerländsk juridik. Från den stun-
den går det inte längre att friskrivas från juridiskt ansvar
genom att säga att man bara lydde order eller bara skötte
sitt jobb när ett brott mot mänskligheten pågår. Inom vår-
den är etiken intimt sammankopplad med yrkesrollen. Jag
tänker igen på i måndags ute på torvbrottet då Emma för-
klarade för mig att hon som sjuksköterska måste förhålla sig
till de mänskliga rättigheterna och sjuksköterskornas inter-
nationella etiska kod och agera med civilkurage oavsett vad
sjukhusledningen säger. Varför pratas det inte om etiskt an-
svarstagande och civilkurage inom poliskåren och andra yr-
kesgrupper på samma sätt?

En vakt låser upp dörren och kliver in i min cell. "Hej,
dags för lite rena kläder", säger han.

I handen har han en packe med kläder och ett par vita
gymnastikskor. Jag känner väl igen de gråvita kläderna och
skorna med kardborreband. T-shirten i fängelset är snyg-
gare, mörkblå med gråa ärmar, tänker jag. Jag har råkat få
med mig en tjocktröja i bomull när jag satt inlåst i Helsing-
borg, hösten -22. Varken jag eller vakterna tänkte på att jag
hade den på mig när jag släpptes. Nu tänker jag inte längre
på var den kommer ifrån när jag använder den.

"Du kan lägga dina kläder i den här påsen", säger han och räcker över en blå sopsäck.

Jag tar av mig mina kläder och lägger ner allt i påsen. Det känns fortfarande konstigt att vara naken inför vakten så jag drar snabbt på mig kalsonger, strumpor, mjukisbyxorna och t-shirten. Skorna ställer jag vid dörren och den tjocka tröjan lägger jag bredvid madrassen.

"Hur gör vi med ombyte? Jag skulle förresten behöva duscha också", säger jag. Vanligtvis har man några omgångar ombyte och det är tvättbyte en gång per vecka.

"Det löser vi sen", säger vakten. Han tar påsen med mina kläder och går.

Jag lägger mig på madrassen och drar tjocktröjan som örngott över galonkudden. När jag träffar folk i mitt arbete så talar jag ofta om civilkurage och personligt ansvar. Civilkurage handlar inte bara om att hjälpa någon som ramlat med cykeln. Det handlar om att i vardagen och i små som stora beslut stå upp för grundläggande mänskliga värderingar, att ta de små stegen mot en hållbar och rättvis värld. Man kan, som min före detta kollega Håkan gjorde, vägra flyga i tjänsten. En fondförvaltare kan lyfta frågan om att avinvestera i fossilindustrin. Som inköpare kan du exkludera de mest klimat- och miljöskadliga produkterna med hänvisning till den lokala hållbarhetsplanen. Du har också alltid ett val när du väljer yrke, som exempelvis geolog kan du aktivt välja bort oljeindustrin. Det enda som krävs är ett litet mått av mod. Ingen blir av med jobbet för att man är jobbig och förhalar, maskar och inte gör sitt yttersta i arbetsuppgifter som förstör vår planet. Det krävs bara lite moralisk ryggrad.

Jag förstår dock dem som inte agerar, trots att jag tycker det är ansvarslöst. Det handlar om feghet, lättja och förträngning, som att någon annan borde göra något eller en blind tro på att samhället kommer lösa alla problem. Här finns det möjlighet till ett konstruktivt möte om mod, engagemang och vad som krävs av oss alla i denna mörka tid. Det är däremot helt annorlunda med dem som aktivt väljer att göra ett så effektivt jobb de kan oavsett hur deras arbete förstör och skapar lidande och död för andra. Jag tror inte på ondska som en motpol mot godhet eller som en egen metafysisk kraft. Jag tror mer att ondska är en avsaknad av empati, medmänsklighet och kärlek, en tomhet från allt som är vackert och värt att leva för. Men i girigheten, egoismen och den narcissistiska törsten efter prestige som dominerar hos de stora förstörarna blir ondskan tydlig. Man kan se det när de stora oljebolagen och deras lobbyorganisationer i årtionden har spridit lögner för att kräma ur de sista dollarna från en döende bransch. På klimattoppmötet COP-28 som anordnades av den oljerike Emiren av Dubai togs showen fullständigt över av fossilindustrin och dess hantlangare för att tysta all opposition. I Sverige blir det tydligt när skogsbolagen i sin girighet fullständigt tappat fattningen. När skogen, som ersatts av plantager, inte räcker till för att tillfredsställa massabolagens hunger föreslås nu även att den orörda fjällnära skogen skall kunna avverkas utan korrekt tillståndsansökan. Bara för att öka avkastningen från skogen några procent till. Dessa aktörer går det inte att prata med, de måste bekämpas som de fiender till mänskligheten de är.

De senaste månaderna slåss vi mot fienden i form av torvindustrin som med hot om tvångsövertagande av mossarna tvingar markägare att skriva under kontrakt för att överhuvudtaget få någon ersättning. De tystar ner berättelser om bäckar som kontamineras, sjöar som inte längre går att bada i och kor som förgiftas. Samtidigt, långt ifrån sin smutsiga verksamhet, sprider de propaganda i riksdagen och korridorerna i EU om att torv är förnybart och att deras verksamhet är bra för klimatet och den biologiska mångfalden. Jag vet inte om de två polisernas agerande under förhöret är grundat i ett hat mot oss, karriärslystnad eller ren skadeglädje. Jag vet i alla fall att de tydligt valt vilken sida de kämpar för och de kommer anstränga sig till det yttersta för att skada oss så mycket de kan. Jag är förberedd på att sitta länge och kommer inte bli överraskad om de lägger till åtalspunkter för att stoppa oss. Däremot kommer de bli förvånade hur beslutsamma vi är. Personer som bara tänker på sig själv underskattar ofta kraften hos människor som går tillsammans och kämpar för något större än dem själva.

Misslyckandet

Nu är det snart lunch och jag måste få ut artikeln till Josefin så hon kan renskriva och skicka in till tidningen. Jag ringer på klockan för att tillkalla vakternas uppmärksamhet.

"Ja, det är centralvakten", svarar en röst.

"Hej, jag har lite dokument som jag måste skicka iväg idag. Det har att göra med mitt försvar inför häktesförhandlingen."

"Då får du lägga dem i ett kuvert med frimärke och ge dem till vakten som har ronden just nu."

"Jo men nu är det så att jag varken har kuvert eller frimärke. Det är lite bråttom också. Det måste skickas idag."

"Det handlar om tre sidor. Du skulle inte kunna scanna dem och skicka dem till en mailadress jag har nedskriven?" föreslår jag för att göra det enklare för honom att ta ett beslut.

"Nej, du får tala med din advokat om det", svarar han.

Jag inser att jag börjar tappa initiativet och säger: "Men min advokat bor i Växjö och har inte tid att komma över. Häktesförhandlingen är antingen idag eller någon gång i helgen så jag skulle verkligen behöva skicka iväg de här dokumenten."

"Jag har förresten inga restriktioner", lägger jag till.

"Du får ta det med din advokat", avslutar han med och lägger på.

"Satan vad fyrkantiga de är!" tänker jag irriterat. Att jag har en påtvingad advokat som inte kan hjälpa mig ett dugg gör mig bara mer irriterad. Jag visste att det skulle bli så här. De vill bara att jag skall ha advokat så de inte skall behöva bry sig. Jag sätter mig på madrassen med ryggen mot väggen och funderar igenom min situation. Jag vill verkligen att artikeln skall publiceras innan alla häktesförhandlingarna börjar rulla på. Jag ställer mig otåligt upp och börjar gå runt i den trånga cellen. "Fan också, vad gör jag nu?" tänker jag. Jag inser att jag är helt i deras våld. Det finns inget jag kan göra om de säger nej. Tanken gör mig nästan klaustrofobisk. Vakterna som tittar till mig på ronden verkar vara ganska schyssta. Kanske ska jag försöka övertala dem? Jag funderar igenom hur jag ska formulera mig och föreslå en lösning som blir så enkel som möjligt för dem och väntar därefter tills vakten på ronden kommer.

Plötsligt öppnas luckan och en vakt tittar till mig. "Vänta lite!" säger jag snabbt för att få honom att stanna.

"Jag har några sidor jag skrivit som jag verkligen måste få skickat till min advokat innan häktesförhandlingen", fortsätter jag.

"Har du talat med din advokat?"

Än en gång känner jag att händelserna börjar glida mig ur händerna så jag svarar: "Det handlar bara om tre sidor. Ni skulle kunna fota dem med er mobil och skicka till min advokats e-postadress. Det tar bara några sekunder."

"Vad handlar det om", frågar vakten.

Det blir alldeles för komplicerat om jag skall beskriva varför en insändare skulle påverka våra häktesförhandlingar så jag svarar:

"Det är mellan mig och min advokat." Precis när jag sagt det förstår jag hur dumt det var. Nu skapade jag ett avstånd mellan mig och vakten och han kommer att bli misstänksam.

Jag fortsätter därför: "Det handlar om strategier runt häktesförhandlingen som jag skrivit ner."

"Då får du ta det med din advokat när ni ses", svarar vakten.

Jag känner att jag blir mer och mer irriterad och desperat och svarar:

"Kom igen nu! Hon bor i Växjö och kan inte komma hit för att hämta pappren. Kan du inte vara lite schysst."

En annan vakt syns nu i luckan som säger "Vi är inte din brevbärare! Du hör väl att vi säger att du får ta det med din advokat."

"Jag har väl aldrig sagt att ni är min brevbärare men jag har rätt att förbereda mitt försvar enligt Europakonventionen för mänskliga rättigheter. Ni vet att jag har rätt att skicka post men nu har jag inga möjligheter alls. Tycker ni det är rätt och schysst", frågar jag

Vakten upprepar: "Vi är inte din brevbärare. Du får snällt vänta". Därefter stänger han luckan.

Jag känner att jag blir desperat och skriker efter dem: "Fattar ni inte att det här är skitviktigt!"

Jag känner mig helt ursinnig. Så otroligt nedvärderande att säga att jag hanterar dem som en brevbärare! Som om det handlar om att skicka iväg ett jävla vykort från semestern. Jag har ingen lust att be dem om någonting men vad fan ska jag göra nu när de låst in mig? Jag har ju inga andra möjligheter! Jag blir också förbannad över att det inte går att snacka med dem. Allt måste formuleras superkort innan de sticker igen. Hur ska jag då kunna förklara min situation? Jag tänker på vaktens sista mening: "Vi är inte din brevbärare…". Vilken idiot! Kunde han inte komma på något bättre att säga än att bara upprepa sig?

Samtidigt som ilskan pulserar genom mig känner jag hur genant det var att hänvisa till Europakonventionen för mänskliga rättigheter. Att jag inte får skicka iväg några sidor text har inget med mänskliga rättigheter att göra. Det var bara patetiskt att ta upp det. Och varför skrek jag att det var skitviktigt? En artikel i de lokala tidningarna kommer troligtvis inte påverka någonting. Visst, det hade varit bra att hålla nyheten levande men domaren kommer säkert häkta oss i alla fall. Jag lägger armarna över huvudet och lutar mig mot väggen. Fan vad pinsamt jag betedde mig! Jag tar några djupa andetag och försöker skingra ångesten.

Strunt samma, tänker jag. Nu får jag inte ut artikeln men det gör ingenting. Det är vad det är. Vakterna har säkert också sett värre saker här inne än en medelålders man som tappar fattningen. Ensamheten och tystnaden i cellen gör det lättare att bli lugn. Ilskan sitter fortfarande kvar som hos ett litet barn som tycker föräldrarna har varit orättvisa. Det får mig att känna mig ännu mer patetisk. Varför kan jag inte ta en liten motgång utan att bli så arg och tappa fattningen?

Jag tänker på de böcker och filmer jag har sett om civilt motstånd där de har varit så grundade i fredlighet. Med stoiskt lugn blir de nedslagna av polisbatonger, står kvar när tårgasen far genom luften och gummikulor fäller personer bredvid dem. Jag tänker på studenten på Himmelska fridens torg som stoppade en pansarvagn. Hur lugn och trygg var han i sitt agerande? Jag vet inte, men jag klarar inte ens att få ett nej från vakterna i arresten utan att jag ska tappa det.

Jag tänker på filmen Freedom Riders i 50-talets USA. Blandade grupper med svarta och vita åkte ner till Alabama för att bryta mot de lokala raslagarna i bussterminaler och på caféer. Trots att de blev grovt attackerade behöll de alltid sitt lugn. De svarade sakligt på tilltal men brusade aldrig upp utan behöll sin värdighet rakt igenom. Vi har aldrig drabbats av samma våld i våra aktioner men det har hettat till flera gånger på motorvägarna. Jag tänker på hur mina vänner Anna, Christian, Isabell, Rufus och alla andra alltid behållit lugnet och värdigheten trots all ilska från bilisterna. Jag blir så rörd och imponerad när jag tänker på det. Aldrig har vi misslyckats. För mig är det lättare i den situationen. Vi har alltid fysiska träningar innan, så förberedelsen sitter både mentalt och i kroppen. Situationen på motorvägen känns igen från golvet i träningssalen och de uppspelade våldsamheterna och hur man ska agera på dem sitter i muskelminnet. Det är också lättare att hantera en situation när du vet innan att du kommer utsättas för något obehagligt. Då är man beredd. Här var jag varken beredd eller tränad, jag blev överraskad både över situationen och mitt eget beteende. Jag tycker ändå jag borde ha hanterat situationen bättre och känner mig nu ganska misslyckad.

Jag har alltid haft Mahatma Gandhi som förebild i mental styrka. Alltid agera efter ens övertygelse och inte låta känslorna ta över och påverka sitt beteende. Hela tiden se individen bakom och möta personen med kärlek och förståelse. Jag skulle nu vilja vara lika förstående. Rationellt sätt förstår jag att vakterna har mycket att göra och måste hålla hårt på gränserna. Jag misstänker att om de ger lillfingret till de intagna blir de lätt av med hela handen. Då är det lättare att vara fyrkantig och formell. Det var säkert därför de hänvisade till advokaten hela tiden. Det ingår i deras rutiner. Men jag kan fortfarande inte släppa känslan av orättvisa och någon form av förnedring. Kanske beror det på maktlösheten jag befinner mig i här inne? Jag vet inte och orkar inte tänka på det mer just nu heller.

Jag avbryts i mina tankar av att luckan öppnas och en telefon sträcks in.

"Det är din advokat", säger vakten. "Vad vill hon?" tänker jag.

Jag tar emot telefonen och säger "Ja det är Pontus."

"Hej, det är Charlotte här. Hur har du det", frågar hon.

Jag har ingen lust med något småsnack just nu så jag svarar kortfattat: "Bra."

"Ja, jag skall inte vara långrandig. Vi har fått tid till häktesförhandling, klockan tre nu på söndag.", säger hon.

"På helgen?" svarar jag.

"Ja, de måste hålla häktesförhandling innan måndag och det fanns väl ingen tid idag antar jag", svarar hon.

Hon fortsätter: "Förhandlingen kommer att hållas på häktet i Jönköping så antingen skjutsar de dit dig eller så kör de via länk. Jag planerar förresten att vara med dig på plats oavsett var."

"Okej", svarar jag. Jag är bara helt tom och mycket trött.

Jag känner att jag måste tillägga något så jag säger: Det går säkert bra."

"Ja, vi kör som vi planerat. Det har inte kommit några uppdateringar i fallet. Jag kommer träffa dig en halvtimme innan om det är något vi behöver diskutera."

"Det blir toppen", säger jag för att visa lite entusiasm.

Hon säger "Var nu förberedd att det kan bli häktning. Jag hoppas och tror att du blir släppt men man vet aldrig."

"Jo, jag vet. Det är inte hela världen om jag blir kvar här. Jag har ingen tid att passa och har det ganska bra.", svarar jag.

Hon säger: "En sak till. Vad är det för papper du ville skicka? Vakten nämnde något som du tyckte var mycket viktigt."

"Det spelar ingen roll längre", svarar jag henne trött. "Det var bara en artikel jag ville skicka till vårt mediateam."

"Okej. Men då återkommer jag när jag vet var vi ska träffas. Du får ha det så bra så länge", säger hon.

"Vänta, bara en sak. Skulle du kunna ta med ett frimärke när vi ses?" säger jag

"Hon svarar: "Visst, det fixar jag. Jag tar med kuvert också för säkerhets skull."

"Ha nu en trevlig fredagkväll", avslutar jag med.

"Hoppas du också under omständigheterna får en trevlig kväll, hej", säger hon.

Jag räcker över telefonen till vakten och säger:

"I fortsättningen skulle det vara trevligt om jag själv får sköta kommunikationen med min advokat."

Han svarar: "Jag trodde du ville snacka med advokaten om det."

Hans svar gör mig bara ännu mer arg. Så jag lägger mig på madrassen utan att svara. Ännu en onödig kommentar, tänker jag. Jag måste försöka vara tyst.

När jag träffar poliser och vakter brukar jag alltid försöka vara vänlig och trevlig för att bryta ner det avstånd som situationen skapar mellan oss. Jag vill se människan bortom uniformen. Vi är alla lika mycket värda och alla förtjänar att behandlas med respekt och vänlighet. Jag har också en stark tro på godheten hos alla människor. Trots att vi i situationer både kan vara småaktiga, egoistiska och till och med rent onda så finns det ett värde i varje människa. När jag blir irriterad eller arg på någon brukar jag tänka att den personen också har en mamma och pappa som har älskat dem. Alla är värda att bli älskade. Man når också mycket längre med lite vänlighet i möten. Att visa respekt och medmänsklighet är så avväpnande när man ställs inför situationer där folk är aggressiva, nedvärderande eller osynliggörande. Jag behöver ingen gud i mitt liv, varken som rättesnöre hur jag skall handla eller för att ge mening i tillvaron. Däremot har jag en grundmurad existentiell övertygelse om vad som är viktigt i livet. Det handlar om att ta hand om varandra, hjälpa varandra och älska varandra. För att lyckas med det måste man se bortom den fasad som döljer det genuina i människan.

Idag har jag inte lyckats med det. Det finns fortfarande en frustration och ilska mot vakterna som jag inte kan släppa. Jag känner något sorts svek, en vänskap när vi förut skojade med varandra vilket sedan abrupt avbröts. Jag vet också att det är en skitsak som jag inte borde bli så upprörd över vilket gör att jag nu även känner ett svek mot mig själv och mina ideal, ett misslyckande. Jag var inte stark nog i stunden att ta ett nej. Kanske beror det på utsattheten när jag fysiskt totalt är i deras händer. De bestämmer när jag ska äta, gå på toaletten och hur länge jag ska sitta här. Jag vet inte ens vad klockan är. Ändå mår jag bra här inne och njuter av den inre friheten och lugnet så länge inget rubbas. Jag vill inte känna den här ilskan mot vakterna. Situationen måste hanteras, det behövs någon form av stabil balans i min relation till personalen. Jag kan inte längre vara öppen och vänlig som jag varit förut, inte heller vara konfrontativ och aggressiv. Jag bestämmer mig för att retirera från mina ideal och vara rent saklig, formell och ja kanske till och med vara mer känslokall mot vakterna. Jag måste försöka återgå till det lugn jag finner i mig själv. Då klarar jag inte samtidigt att vara social med poliser och vakter.

Jag läser några sidor i boken men är för trött för att kompensera för min ålderssyn. Det är ansträngande både för ögonen och för att jag måste hålla boken på helt rätt avstånd. Så fort jag slappnar av suddas bokstäverna ut. Jag bestämmer mig för att bara vila istället. Klockan är nog inte mer än runt åtta men jag drar filten över huvudet för att stänga ute lysrören. Jag fryser inte, är mätt och har all tid i världen, tänker jag innan jag somnar.

Ilska

Värnamo polisstation, lördagen den 22:e juli

Jag sitter med min frukost och känner mig utvilad och pigg. Jag tänker att jag kanske skall börja med lite träning idag. Sit-ups, armhävningar och upphopp för konditionen. Jag försöker minnas vilka träningar som man kan göra utan redskap. Vad jag kommer ihåg så behövs bara några enstaka övningar för att hålla igång kroppen. Inga hantlar eller träningsmaskiner är nödvändiga. Jag börjar med armhävningar men är alldeles för svag i armarna. Sätter knäna i golvet och klarar att göra några stycken innan jag blir avbruten.

Nycklarna rasslar till i låset och dörren öppnas. Två uniformerade poliser och en väktare står i korridoren utanför.

"Nu får du flytta till häktet i Jönköping", säger en av poliserna. "Vi kommer köra dig dit nu så samla ihop dina saker så åker vi."

Irriterad över att de fullständigt dikterar villkoren så samlar jag tyst ihop mina papper, pennan och böckerna. Jag har inte läst färdigt Stephen Kings "Jurtjyrkogården" så jag frågar:

"Kan jag ta med mig denna?" och håller upp boken.

"Ja, okej gör det", säger vakten och jag lämnar tillbaka de övriga böckerna till honom.

Jag följer tyst med poliserna genom korridoren till intaget, där jag togs in för tre dagar sedan. Jag får se på när de packar ner alla mina saker i genomskinliga plastpåsar och lägger dem i den stora blå sopsäcken med mina kläder som de sedan tar med ut genom dörren till parkeringen. När jag kommer ut ser jag Minna och Rickard stå i solskenet vid en väntande polisbil. Jag går direkt fram till Minna, ger henne en kram och tittar henne i ögonen och frågar:

"Är allt bra?" Jag letar efter nyanser i hennes ansikte som kan avslöja om hon haft det tufft.

"Allt är bra, jag har haft det lugnt och skönt. Du då?" svarar hon med ett leende och en övertygande ton för att slå bort eventuell osäkerhet.

Jag svarar snabbt: "Jag har det också bra!"

Rickard kommer fram. Jag ser direkt i hans ansikte att han också mår bra. Han kramar om mig och säger med sin härliga göteborgska: "Så skönt att se dig här, gamla vän!"

Jag svarar: "Detsamma kära Rickard!" och tillägger med ett leende: "Nu blir det miljöombyte."

En och en beordras vi in i bilen. Minna och Rickard sitter med en polis i baksätet. Jag får sitta ensam på en sidoplats avskiljt av en plexiglasskiva. Rickard och Minna pratar hela tiden med varandra och polisen. Jag har svårt att höra vad de säger men de verkar ha trevligt. Jag har ingen lust med något socialt snack med en polis bredvid just nu så jag är nöjd med min isolerade plats. Medan bilen sicksackar sig igenom Värnamo ut mot motorvägen slås jag igen av hur lätt jag har att acceptera att behandlas som boskap bara för att det är förväntat. Det är ett många års inlärt förhållningssätt att myndigheter och politiker alltid har rätt som gör att jag med närmast en ryggmärgsreflex oftast agerar lydigt utan att tänka. Jag är inte förvånad att jag nu är på väg till Jönköping för häktesförhandling, men är det rätt? Neova får dag ut dag in, år efter år, ostört bryta torv med gigantiska traktorer och grävmaskiner men fyller vi igen några diken med spadar i händerna så räknas vi som samhällets fiender. Det går utanför alla ramar och proportioner. Är man bara lite utanför den lydiga fållan så sätts alla samhällets muskler emot en. Tanken gör mig förbannad och obstinat men det är inte läge att bråka just nu. Tids nog kommer jag få fler tillfällen.

Malmö 2020

Jag minns en demonstration vi hade på Bergsgatan i Malmö med Extinction Rebellion. Sydsvenskan var på plats med fotograf och reporter och jag blev intervjuad. När arbetet var klart och fotografen packade ihop sin utrustning så frågade journalisten:

"Känner du någon ilska när du står här och blockerar trafiken?"

Jag svarade lite förvånat: "Nej, jag känner ingen ilska alls, bara sorg och beslutsamhet."

"Är det inte lite konstigt? Jag menar ni har ju alla skäl i världen att känna er arga över vad som händer, eller rättare sagt inte händer?"

"Jo, men jag är inte arg", svarade jag lite förbryllad.

Jag tänkte efter och tillade: "Det är faktiskt lite konstigt. Men jag är inte arg."

Jag hade inte tänkt på frågan tidigare men jag förstod relevansen. Där var vi mitt i en av Malmös mest trafikerade gator. Det kunde inte ha undgått någon hur engagerade och beslutsamma vi var och då är det lätt att tro att vi motiveras av frustration och ilska. Jag gick fram till Helen efter vår avslutande genomgång och frågade:

"Visst är det lite konstigt att ingen var arg under aktionen?"

"Jo, det är ju jättebra att vi kan vara fullständigt fredliga trots att vissa bilister blev skitförbannade", svarade hon.

"Jo, låt oss behålla det så", svarade jag, nöjd med att aktionen var välplanerad och allt hade utspelat sig så ordnat och fredligt. Jag kände att Helen hade missförstått min fråga men då var jag bara nöjd med att allt hade gått så bra att jag släppte tanken.

Stockholm, April 2021.

Ett år senare var vi i Kungsträdgården i Stockholm. Det var mitt under Coronan och restriktionerna tillät bara tillställningar med 50 personer på samma plats. Däremot fanns det inga restriktioner på spontana folksamlingar som kunde vara hur stora som helst så på Mall of Scandinavia trängdes exempelvis tusentals människor varje dag. Trots att vi noggrant följt pandemirestriktionerna i planeringen så var inte polisen nöjd. De kunde bara acceptera att 50 grupperna var åtskilda med flera kilometer. Vi fick därför endast samlas 50 personer per stadsdel, 50 demonstranter på Kungsholmen, 50 på Söder och så vidare. Morgonen var fuktig och kall och vi samlades mitt i parken vid Molins fontän. Vi hade hängt upp banderoller över de låga staketen och folk hade plakat i händerna. Runt omkring oss var det flera polisbilar, polismotorcyklar och patrullerande poliser. Efter några minuter när folk började fylla på i de olika grupperna kom ett par poliser fram till oss och sa: "Ta ner banderollerna annars måste vi upplösa demonstrationen". Kommentaren gav mig rysningar i kroppen, som om jag befann mig i en semi-diktatur. Jag trodde aldrig att jag skulle höra de orden uttalas av en polis i Sverige. Om vi bara stod tillsammans sågs det som en spontan tillåten folksamling, men om vi demonstrerade med banderoller så var det en otillåten tillställning. Under hela dagen fortsatte polisens hårdbevakning av oss. Vi gick genom centrala Stockholm och stannade i olika korsningar för att demonstrera. Varje demonstration, trots smittsäkert avstånd mellan 50-grupperna, upplöstes direkt genom att vi blev puttade och dragna bort från platsen. Blöta, hungriga och trötta avslutades dagen och jag och några vänner gick från vår återsamlingsplats vid Humlegången ner mot tunnelbanan på Birger Jarlsgatan. När vi passerade de fulla uteserveringarna på Stureplan satt folk och skrattade, kramades och skålade som om de stod över reglerna för smittspridningen. Där i regnet insåg jag att jag lämnat den delen av samhället där frikort ges till de som spelar med. Röster köps med privilegier till de som eldar på förstörelsen, för att säkerställa sina egna maktpositioner. Är man jobbig och sätter sig emot så förskjuts man, tystas ner och marginaliseras. Den falskhet som jag då såg bakom politikernas fina ord om en hållbar värld för alla gjorde mig ursinnig. Den gamla punkaren i mig vaknade och jag ville bara smasha deras fina putsade fasad som med en sten rakt genom en förvrängd skrattspegel. Det fanns ingen återvändo, jag insåg att kampen kommer att bli livslång. Vi är rebeller för livet och jag kommer aldrig mer spela med.

På kvällen efteråt satt vi i en källare på Söder och drack öl. Vi hade på nära håll sett hur den rödgröna regeringen prioriterade konsumismen före demokrati, opinionsyttringar och kampen för klimatet vilket gjorde oss skitförbannade. Deras fina tal om en solidarisk och rättvis framtid för alla var bara ett rent hyckleri. Rättvisa är endast ett ord man använder för att locka de stora väljargrupperna till att säkra resultatet i nästa opinionsundersökning.

Denna destruktiva trend går igen i alla partier. Dagens högerkonservativa regering sätter på samma sätt tillväxt och konsumism före allt annat. De gånger vi stör genom bruset och inte kan ignoreras så avfärdas vi av ministrar som "ett säkerhetshot" och att vi "gör ingen skillnad". Den enda demokrati som politikerna bryr sig om är deras egen parlamentariska politik. Vill man påverka ska man gå med i deras partier, i deras organisationer eller starta ett företag som den liberale klimatministern föreslog till de demonstrerande ungdomarna i Ta tillbaka framtiden. Alla andra alternativ påstås bara vara onödiga och utan effekt. Egna försök att organisera sig eller skapa opinion utanför partipolitiken uppfattas som jobbiga och störiga. De en gång kraftfulla 1'a Maj demonstrationerna har tämjts till en historisk berättelse om en svunnen tid som sedan länge redan införlivats i staten. Där kan politiker år efter år riskfritt marschera och symboliskt framhäva lögnen om den perfekta demokratin.

Min övertygelse om regeringens syn på Sveriges demokratiarbete stärktes ytterligare när vi åkte över till Köpenhamn för att demonstrera med XR Danmark. Där hade de också regeln med max 50 personer men till skillnad från Sverige så var opinionsyttringar tillåtna och spontana folksamlingar förbjudna. Så när demonstranterna samlades på Kongens Nytorv så gick polisen fram och sa att demonstrationen måste starta för att inte de skulle upplösa folksamlingen. Alltså precis tvärtom jämfört med i Stockholm. Upp med banderollerna och sätt igång var deras uppmaning. Så godtyckligt kan grundläggande demokratiska regler ändras när samhället sätts under press.

Ilskan över den arrogans som myndigheter och politiker visade oss på gatan stärkte mig i min övertygelse. Jag förstår människor i vardagen som fortsätter med sina liv trots att det är ohållbart. Jag var själv där för inte så länge sen och jag vet att det är svårt att bryta sig loss från ett allomfattande destruktivt system. Men när makthavare, som vet hur illa det är, motarbetar den nödvändiga förändringen trots att det innebär lidande och död för miljarder människor så väcks en känsla av bottenlös orättvisa inom mig. De har ett ansvar och klarar de inte av det så ska de avgå. Politikernas uppmaning att vi alla skall sopsortera, använda färre plastpåsar och tänka på vad vi köper känns bara som ett hån. Varför skall jag anstränga mig när de tilllåter alla andra att fullständigt skita i vår gemensamma framtid? Folk som trängs i ett varuhus för att köpa ännu en meningslös pryl får inte störas av varken Corona eller klimatet men om man försöker skapa en hållbar värld för oss alla ska man stoppas.

Känslan från Stockholm gav mig energi att inte acceptera polisens beslut att neka tillstånd för en demonstration i

Lund några veckor senare. Det absurda med att två demonstrationer på två olika torg räknades som en och samma tydliggjordes i tidningen Sydsvenskan och polisen backade. Demonstrationerna kunde därefter genomföras. Det var mer en demokratisk seger än en seger för klimatet. Senare har jag tänkt att jag är lika mycket en demokratikämpe som miljöförsvarare.

E22'an mellan Värnamo och Jönköping

Jag tittar ut genom fönstret på all skog som passerar. Eller är det bara trädplantager? Jag kan inte avgöra från polisbilen här på motorvägen. Jag blir märkligt nog fruktansvärt uttråkad. Jag vill bara komma fram och sättas i den nya cellen med en uppvärmd lunchlåda. Mina tankar vandrar tillbaka till min tidiga aktivism. Jag tror orsaken till att jag till en början förträngde min ilska var att jag är en del av den skuld vi alla bär. Jag borde fattat hur illa det är men hade blundat allt för länge inför situationens allvar. Skuld och skam är en källa till passivitet och ilskan riktas inte sällan inåt. Men det är inte fel att känna ilska inför det system och mot de makthavare som skapat denna stora sorg. Jag tror också jag varit försiktig med att känna ilska eftersom jag kämpar av kärlek med fredliga medel och ilska kan ligga nära en okontrollerbar aggressivitet. Nu känner jag att jag behöver den motivation jag får när jag är arg. Alla känslor man bär på kan rätt använt bli ett starkt verktyg i kampen. Det är svårt att springa in på en landningsbana för att stoppa flygplan bara för att man vet att det är en effektiv metod, jag måste också känna orättvisan av att vissa tar sig rätten att förstöra för alla andra samt ilskan inför sveket från de som satt oss i den här situationen.

Under träningarna kan man bara spela arg bilist i en minut. Den spelade akuta ilskan försvinner och man tappar energi och kan inte skrika mer. Det märks också i ilskan hos de frustrerade bilisterna på gatan. När de möts av tyst lyssnande så kan de inte vara förbannade längre. Efter en stund går till och med de argaste förarna med en sista svordom in i bilen, sätter sig och väntar på polisen. Jag är heller inte längre arg, varken på situationen jag befinner mig i, väktarna eller polisen bredvid mig här i bilen. Jag blir saklig och lösningsfokuserad. Under en lång tid kommer jag ha en påtvingad daglig relation med poliser och väktare. Det är upp till mig att hantera situationen. För att inte bli för känslomässigt involverad påminner jag mig om att hålla mig distanserad och avvaktande. Vi svänger av i en rondell och jag ser Munksjön på höger sida, Sveriges mest förorenade sjö från forna tiders pappersbruk och gruvindustri. Snart bör vi vara framme.

Häktesförhandling

Häktet Jönköping, lördagen den 22:e juli

Bilen kör ner för en ramp till en källare till ett stort nybyggt hus med brun plåtfasad i centrala Jönköping. Den automatiska porten stängs sakta bakom oss. Rickard och därefter Minna leds ur bilen och in genom en ståldörr längst in i garaget. Jag är sist och får vänta ganska länge ensam i bilen vilket får mig att förstå att det är samma procedur med registrering en gång till. När det är min tur svarar jag sakligt och kortfattat på de frågor som ställs. Jag får några ombyten, tandborste, tandkräm och en liten tvål.

Därefter leds jag genom tomma korridorer med ståldörrar på vardera sidan fram till mitt nya hem. När dörren öppnas blir jag lite förvånad av att se att jag inte blivit uppgraderad. Cellen har fortfarande endast en galonmadrass med matchande kudde. Det gör mig dock inget eftersom jag vet att det är häktesförhandling imorgon. Jag kommer troligtvis bara sitta här ett dygn och sen blir jag antingen släppt eller häktad. Då får jag, om det inte är överbeläggning, en bättre cell med skrivbord och kanske en TV också.

Innan vakten går frågar jag:

"Skulle jag kunna få lite mer papper? Gärna ett kuvert också."

"Jag tar med det när jag kommer med en matlåda. Du missade lunchen så du kommer istället få en uppvärmd låda", svarar han.

"Tack", säger jag artigt av gammal vana trots att jag bestämt mig för att endast vara saklig och korrekt. Påminnelsen om mitt beslut får mig att känna mig taskig men jag är väl medveten om att jag inte kan ha någon vänlig relation med väktarna här inne.

Med couscousgrytan bredvid mig försöker jag få till en struktur i mitt försvar. Jag känner mig osäker på vad mitt mål är. Syftet med en häktningsförhandling är att avgöra om jag skall vara fortsatt inlåst. Det är ju inte mitt mål, men det kommer ändå styra förhandlingen. Vad jag minns så är det tre kriterier som kommer att avhandlas. För det första, om det är troligt att jag begått brottet. Jag har ju erkänt mina handlingar men jag skulle kunna hänvisa till nödrätten och påstå att det inte alls är särskilt troligt att jag begått ett brott med tanke på det akuta läget. Brottet man har begått måste också vara allvarligt, minst ett år i fängelse. Åklagaren yrkar på grovt både när det kommer till olaga intrång och skadegörelsen och jag har inget att invända mot det. Jag är inte jurist och har ingen aning om det är en rimlig påföljd för det påstådda brottet, så jag kommer nog bara hålla med åklagaren där. Det sista kriteriet är det viktigaste. Man kan hållas kvar om det finns en risk att man sticker, försöker förstöra utredningen eller fortsätter begå brott. Ingen kommer misstänka att jag vill undslippa ansvar genom att gå under jorden eller förstöra bevis. Vi står alltid för våra handlingar, låter oss bli gripna och är med på rättegångarna. Däremot står det på sociala medier att vi kommer gräva igen diken i tre veckor. Jag vill vara helt ärlig imorgon så jag måste fundera lite nu. Vad kommer jag göra om jag blir släppt imorgon? Om vi är flera som släpps så kommer jag nog föreslå att vi äter gott, vilar upp oss en natt på hotell och sen tar bussen tillbaka till Flymossen. Ja, så får det bli, det kommer jag att säga.

Jag lägger ner pennan och avslutar måltiden. Jag kommer på att jag inte utforskat cellen än vilket alltid är bland det första jag brukar göra. Jag går fram till fönstret och lägger pannan mot glaset för att snegla ut mellan de neddragna persiennerna. Utanför är det en asfalterad innergård. På vänstra fasaden lyser fortfarande solen mot solskydden av metall. Skuggorna ger mig en uppfattning av var solen är och jag gör en bedömning hur jag kan avläsa tiden. Jag går tillbaka till min madrass, sätter kudden som ryggstöd och läser vidare i min bok.

Efter en stund lägger jag mig ner. Att ligga och göra ingenting är det bästa sättet att fördriva tiden. Dagdrömmarna tar mig till platser och händelser jag inte styr över. Jag befinner mig i en apokalyptisk värld med skogsbränder och torka. Jag styr tanken bort från död och lidande. Jag fokuserar istället på hur tydligt och enkelt livet blir. Jag ser framför mig hur vi skapar små lokalsamhällen där vi tar hand om varandra. Jag är pensionerad från aktivismen och lär mig att odla. Det finns inga motsättningar längre, inget tvivel. Verkligheten är inpå oss och jag känner trygghet i gemenskapen och samarbetet. Striden om klimatet är över och det spelar ingen roll vem som hade rätt eller fel. Motstånd och motsättningar ersätts med skaparglädjen att konstruktivt bygga en värld som är möjlig att leva i. Jag vet att det är en naiv utopi men jag låter mig vila i den världen tills en lugn, avslappnande och drömlös sömn tar över.

Det välbekanta rasslet i låset får mig att vakna till och titta upp. Två vridningar i låset med skramlande nycklar och sen trycks handtaget ner utifrån och dörren öppnas.

"Dags för kvällsmat, här har du en bricka med tallrik, glas och bestick", säger vakten.

"Redan?" tänker jag. När jag tar emot brickan säger han: "Följ med mig."

Med brickan i handen följer jag med ut i korridoren. En bit ner till höger ser jag en matvagn uppställd.

När jag kommer fram hälsar jag och säger för säkerhets skull: "Jag är vegan."

"Hej, välkommen. Ja, vi har vegansk mat till dig", svarar en av vakterna. Hon slevar upp ris och något som ser ut som en asiatisk sötsur sås.

"Vill du ha ett ägg?"

"Nej, det är inte veganskt", svarar jag. Jag vet inte om hon inte förstår vad vegan innebär eller om hon vill ge mig möjlighet att senare deala med äggen. I fängelset var priset två ägg för en dosa snus eller en tablettask. Många fångar tränade en hel del styrketräning och då åt de så mycket ägg de kunde få tag på, som proteintillskott. Själv tvivlade jag starkt på att de skulle haft ett problem med proteinbrist men jag kan inget om muskelbyggande. Så jag gav mig inte in i den diskussionen men deltog heller inte i någon byteshandel, vilket jag heller inte vill göra nu. Jag tar några knäckebröd, en termos med varmt vatten, tepåsar och ett äpple.

"Vill du ha lite smör till", frågar vakten

"Nej, det innehåller mjölk. Men gärna margarin", svarar jag och tar några portionspackade margarinförpackningar.

Tillbaka i cellen med min kvällsmat äter jag halvsittande på madrassen. Jag känner mig lugn och trygg. Situationen är just nu hanterbar, ja till och med njutbar. Jag har det faktiskt riktigt bra. Den minimalistiska cellen känns på något sätt mysigt ordningsam med mina papper i en prydlig hög och böckerna bredvid. Jag har kontroll över förberedelserna inför häktesförhandlingen imorgon. Relationen till vakterna kommer fungera och jag kan skapa en vardag där jag kan arbeta med mitt skrivande, träna under pauserna och vila genom att läsa böcker. Jag vill inte ha något som stör, oavsett vad det är. Jag vet att jag har rätt att gå ut på en gård 1 timme per dag vilket jag har utnyttjat förut när jag har blivit otålig. Det får vänta, jag har just nu tillräckligt att göra i cellen.

Efter maten borstar jag tänderna för första gången på tre dagar. När jag spottar och sköljer munnen i den minimala vasken känner jag att jag borde slutföra arbetet inför häktesförhandlingen trots att jag hellre bara vill ligga och vila. Jag sätter mig på madrassen med kudden i knät och läser igenom mina anteckningar. Jag skulle kunna lägga till något om den kritik Sverige fått internationellt och uppmana domaren att inte gå med i trakasserierna mot oss. Jag vill inte använda mig av demonstrationsrätten och svenska domstolars snäva tolkning runt hur störande en åsiktsyttring får vara. Det rör bara till det, det här var ett klimatarbete och ingen demonstration. Däremot är Århuskonventionen relevant.

Lund, April 2023

Jag minns för några månader sedan då institutet för mänskliga rättigheter ringde upp mig. Det är en fristående och oberoende svensk myndighet som startade 2021 genom en direkt uppmaning från FN. Deras kontor ligger rakt över vägen från vårt hem i nordöstra Lund, inhyst mellan telekombolag och konsultfirmor. FN:s särskilde rapportör om miljöförsvarare, Michel Forst, hade med oro följt den hårdare repressionen mot klimataktivister i Västeuropa. Några uttalanden från riksdags- och regeringsrepresentanter om klimataktivister och ett antal kontroversiella domar hade gjort att han fått upp ögonen för Sverige. Forst hade därför, med stöd från kravet på rapportering i Århuskonventionen, gett myndigheten i uppdrag att kartlägga hur det stod till i Sverige. Jag redogjorde i intervjun för hur det går till på gatan, i domstolarna och hur politiker och myndigheter reagerar allt hårdare mot oss och våra fredliga aktioner. Jag fick efteråt en djupare beskrivning av de åtaganden Sverige är bundna till via internationella avtal, som att miljöförsvarare har ett speciellt skydd mot repression och att stater istället måste ta itu med de grundläggande orsakerna till miljöprotesterna. Jag tänker på Romstadgan för Internationella brottmålsdomstolen. Att förhindra arbetet mot en nödvändig klimatomställning, som att stoppa klimataktivister i sitt arbete att förhindra massutrotning, innebär ett brott mot mänskligheten. Den tjänsteperson som motverkar omställningen är enskilt ansvarig för sina handlingar och kan inte säga sig ha haft skyldighet att lyda order. Det kan jag använda för att sätta lite press på domaren.

I de rapporter Forst har släppt står det uttryckligen att blockader mot bilar är ett legitimt sätt att protestera och att fängelse aldrig är ett proportionerligt svar på fredlig civil olydnad. Det är så typiskt för Sverige att skriva under internationella konventioner och sen bli förvånade över att det även gäller oss själva. Det är klart att det finns länder där det är mycket värre, som i Sydamerika där hundratals aktivister årligen mördas i skogsskövlingens spår eller i Nigeria där hela byar ödeläggs för att tysta Ogonifolkets protester mot Shells förödande oljeutvinning. Den blinda fläck svenska politiker och myndigheter har är att vi som rikt västland har en oproportionerligt stor klimat- och miljöbelastning från vår ohämmade konsumtion och då kan man inte bara svara med tystnad och likgiltighet när vi pekar på foskarnas varningar. Hårdare straff mot klimataktivister är direkt kopplade till skändningar av mänskliga rättigheter överallt.

"Nu tar jag kväll", tänker jag. Jag har jobbat tillräckligt idag och har hela förmiddagen på mig för att finslipa argumenten inför häktesförhandlingen. Jag häller upp lite ljummet vatten från termosen i min plastkopp och stoppar i en påse Earl Grey. Jag känner att en skorpa hade varit gott men får nöja mig med ett knäckebröd utan pålägg. Jag avslutar de sista 50 sidorna av Stephen Kings roman och ligger därefter och tittar upp i taket med händerna bakom nacken. Klockan är runt nio och jag börjar redan känna mig trött. När jag inte har några skärmar att titta på så blir jag mer kvällstrött. Somnar jag för tidigt brukar jag vakna klarvaken runt midnatt. Nu är det tillräckligt sent så jag sluter ögonen och låter tankarna vandra fritt. Jag har ingen brådska att somna utan låter det komma när det är dags.

Häktet Jönköping, söndagen den 23:e juli

På morgonen får jag tid att träna lite innan frukost. Styrketräningen går inte speciellt bra. Jag har varken kroppskontroll eller styrka för att få någon sorts koordination i övningarna. Varje repetition känns därför annorlunda, som att jag använder olika muskler beroende på hur jag utför övningen. Konditionsträningen går bättre. Jag provar först att rusa från vägg till vägg men det är för trångt och blir tekniskt svårt att få till. Jag gör därför upphopp vilket fungerar bra. För att öka pulsen ytterligare lägger jag mig ner raklång inför varje upphopp. Som gammal långdistanslöpare njuter jag när andningen ventilerar lungorna och resten av kroppen. Jag anpassar tempot i övningen till andning och puls efter hur länge jag vill hålla på. Jag avslutar med en kort spurt och sätter mig sedan svettig på betonggolvet. Undrar om jag skulle kunna köra upphopp i en timme för att likna ett normalt löparpass? Jag gillar konditionsträning som är monoton. Det blir avskalat, precis som allt här i cellen, och jag får mer kontroll till att bara känna och tänka. I Lund har vi en nedlagd järnväg som går förbi rapsfält och golfbana de 8 kilometerna till Södra Sandby. Man kan springa flera kilometer med blicken fäst i fjärran utan att störas. Det blir som en meditation och några gånger har jag blivit förvånad över hur tid och rum försvinner. Det känns som om man flyger över det skånska landskapet och att benen har ett eget liv. En vinter ville jag prova hur enformigt jag klarade att träna. Jag sprang därför en halvmara på löpbandet på gymmet. Efter exakt 1 ½ timme stängde löpbandet ner och irriterat var jag tvungen att starta om det igen. Tiden och sträckan nollställdes så jag fick gissa mig till hur mycket jag hade kvar. Det störde mig så mycket att jag nog tappade tio minuter på den sammanlagda sluttiden.

Efter frukost får jag möjlighet att ta en dusch. Jag har hört från andra att man ofta får tillfälle att fräscha upp sig inför häktesförhandlingar och rättegångar. Ibland kan advokaten fixa lite snygga kläder också men det är jag inte intresserad av nu. Duschen är placerad i hörnet på toaletten ute i korridoren. Jag fick en liten engångsrakhyvel av vakten men inget raklödder. Kläderna lägger jag på toaletten för att undvika att de blir blöta av rinnande vatten. Det finns inget duschdraperi och när jag trycker på knappen sprutar vattnet åt olika håll från det igenrostade munstycket. Rummet är för stort för att värmas upp av det ångande vattnet så de små strålar som träffar min kropp kyler snarare ner mig än värmer. Jag skummar tvålen och rakar mig med förhoppningen att jag inte skär mig för mycket. När jag är klar ser jag att det är vatten precis överallt, även på mina kläder. Jag hade inte kunnat konstruera en så effektiv vattenspridare om jag så hade velat, tänker jag.

Tillbaka i rummet känner jag mig väl förberedd och tänker att det trots allt är helg så jag bör kanske ta ledigt. Jag offrar ett av mina papper och tillverkar ett schackspel genom att riva halva pappret till 32 pjäser och den resterande biten använder jag till bräde. Det är gott om tid så jag lägger ner extra mycket tid för att omsorgsfullt rita de små pjäserna med min bläckpenna. Om jag sitter länge så kan jag spela korrespondensschack med Lior och Alfred via brev, om inte de också blir gripna senare. Under 2021 jobbade vi tillsammans i Extinction Rebellions källare i Malmö. Då spelade jag, Elvin och Alfred mycket schack under fikapauser och lunchrasterna. Jag gillar aggressiv schack och vet att jag har åkt på stryk mot Alfred några gånger när jag spelat kungsgambit. Jag är inte så bra på öppningsspel så jag tränar och experimenterar några timmar för att förbereda ett parti med just kungsgambit som öppning. Lunchen blir ett lagom avbrott och med nytt varmvatten i termosen fortsätter jag att spela med mig själv med en kopp te bredvid. Dörren öppnas plötsligt och jag ser min advokat Charlotte stå i öppningen.

"Hej Pontus! Är du beredd", frågar hon med ett leende.

Hon är klädd i en mörkblå dräkt med en portfölj i handen. Jag får en känsla att hon tycker det här är roligt vilket glädjer mig.

"Japp, det här ska bli kul", svarar jag.

"Jag har med frimärke, några papper och kuvert också."

"Toppen! Du kanske kan ta med ett brev och lägga på lådan när vi är klara?" undrar jag

"Visst, är du redan klar med brevet?" säger hon medan hon räcker över en bunt med papper till mig.

Artikeln är klar och jag har redan skrivit ett följebrev till redaktionen och en personlig anteckning till Nilla med anvisningar om hur hon kan skicka vidare pappren till Josefin. Det blev lite omständligt men jag kan bara postadressen till mig själv utantill. Jag tar ett av kuverten, lägger i de handskrivna papper som skall med och klistrar på ett frimärke. Räcker över det till Charlotte och säger:

"Ja, det är klart. Alla instruktioner finns nedskrivna till min fru. Hoppas nu att det inte tar för lång tid så intresset för debattartikeln svalnar."

Charlotte beskriver vad jag kan förvänta mig under häktesförhandlingen och vi diskuterar upplägget. Den enda omständighet som är lite ovanlig är att jag kommer vara ärlig med att jag kommer åka ut till torvbrottet igen om jag släpps. Hon förstår hur jag tänker men är tydlig att poängtera att det kommer försvåra min situation och det ökar risken att jag blir häktad. Det bekymrar mig inte men jag är lite orolig för kostnaden för advokat och tillägger därför på slutet:

"Du vet att jag har varit tydlig med att jag inte vill ha någon advokat. Du är jättetrevlig och jag har fullt förtroende för att du kommer göra ett riktigt bra jobb men jag har inte råd."

"Jo, jag vet. Det är absolut inga problem.", svarar hon och tillägger, "Vi talar med domaren om att du inte vill riskera att stå för några rättegångskostnader och så vi är tydliga med att du och därmed även jag, så klart, vill avsluta mitt åtagande efter häktesförhandlingen."

"Tack", svarar jag.

Charlotte ringer på klockan till vakten och meddelar att vi är redo att eskorteras till förhandlingen.

Vi leds genom korridorerna till ett väntrum med stolsrader i plast vid väggarna. Efter några minuter öppnas dörren och vi går in i vad som ser ut som ett litet konferensrum. Miljön känns inte som en rättssal, det är mer provisoriskt. Det är min första häktesförhandling så jag bara avvaktar. Det sitter en kvinna till vänster, vilket jag antar är åklagaren, som är i 35-årsåldern. Kvinnan mittemot är några år äldre och jag gissar att det är domaren. I hörnet till höger bakom mig står en vakt. Jag och Charlotte sätter oss ner mitt emot domaren. Jag känner direkt att stämningen i rummet är ganska kall.

"Hej och välkomna. Jag heter Karin Ohlsson och är domare. Det är jag som leder den här förhandlingen idag", säger domaren.

"Jag ser att du har din advokat med dig Pontus så det enklaste är om hon för talan och leder dig genom denna förhandling", fortsätter hon.

"Jo, det är inte mitt val att ha advokat men nu har jag det. Jag har egentligen inte råd så om jag blir återbetalningsskyldig kommer jag stämma domstolen för bedrägeri", svarar jag.

"Ekonomi och kostnader återkommer vi med i slutet", svarar domaren.

Charlotte inflikar snabbt: "Det är inte på Pontus begäran som jag har mitt åtagande men nu har vi tillsammans bestämt att jag är med idag". Hon tittar på mig för att få ett bekräftande och jag nickar tyst.

Jag hade egentligen tänkt vänta till slutet med att ta upp kostnaden för Charlotte men jag blev lite provocerad över att domaren förutsätter att advokaten ska föra min talan. Stämningen i rummet är nu ännu mer kall och saklig och jag sitter tyst och lyssnar medan åklagaren går igenom förundersökningen, som jag redan läst. Precis som jag misstänkte visar åklagaren en bild från vår Facebook där det står hur länge aktionen kommer att pågå för att styrka recidivfaran, risken att jag åker ut och gräver direkt igen. Ingen tycker det är någon mening att fråga mig om vad jag tänker göra om jag blir släppt.

Därefter inleder Charlotte sakframställan om att det inte fanns några skyltar, att skadeståndskravet från Neova endast är en partsinlaga, så den grova misstankegraden är orimligt hög. Som vi kommit överens om hänvisar hon också till nödrätten och gör ett riktigt bra jobb.

När jag skall ta vid så säger domaren: "Vi vet redan att vi har en klimatkris så håll det kort. Det här är inte tillfället för någon politisk agitation."

Jag blir så tagen på sängen av avvisningen att jag bara svarar: "Jaha."

Jag börjar därefter redogöra för när Sir David King, som rådgivare i klimatfrågor för den brittiska regeringen, beskrev en 2-3 grader varmare värld. Svaret från de chockade parlamentsledamöterna var att detta aldrig någonsin får inträffa. Nu stormar vi mot tre graders uppvärmning. När jag pratar sitter åklagaren och domaren och tittar ner i sina datorer. Jag får känslan att de inte lyssnar. Det verkar mer som de stänger av och väntar av tiden. Jag får inte en enda motfråga eller någon sorts respons vilket får mig att tappa motivationen. Det är som att prata mot en vägg. Jag bläddrar i mina papper och fortsätter med att beskriva politikernas totala haveri och fortsätter med att hänvisa till de svenska myndigheternas beskrivning av misslyckandet. Sist rabblar jag upp hur mycket koldioxid torvbrottet på Flymossen släpper ut varje år och att det, enligt IPCC's rapport från Maj 2021, är en direkt orsak till de effekter av klimatförändringar som redan idag dödar miljoner människor.

Medan jag går igenom de sista forskningsrapporterna känner jag mig plötsligt uppgiven och mycket ledsen. Stämningen är nu nästan fientligt avståndstagande och jag känner mig helt ensam. Jag vill bara avsluta allt och gå tillbaka till min cell. För att samla en sista strimma energi drar jag in stolen, sträcker på mig och tar ett djupt andetag. Domaren ska inte häkta mig utan att det känns så jag ser henne rakt in i ögonen och säger med hög röst:

"Du har ett ett val här! Det här handlar inte om vem som stod var på torvbrottet eller om man höll i en spade. Det här handlar om moraliskt ansvar och vilken sida av historien man vill vara. Jag har tre döttrar och det är mitt ansvar som pappa att kämpa för deras framtid. Du kanske också har barn?"

Jag väntar inte på svar utan fortsätter: "2050 skall alla utsläpp vara noll. Det är om några decennier och då är de mitt i livet. Hur kommer vår värld att se ut då? Det är nu det avgörs. Det är våra val, dina och mina val idag, som avgör hur många som kommer utplånas av svält, extremvärme eller gå under i de krig och konflikter som kommer i spåren av katastroferna. Det är vi som avgör om vi över huvud taget kommer ha en värld man kan leva i. Jag vill åtminstone kunna säga att jag gjorde allt jag kunde."

Jag vänder mig till åklagaren och säger: "Du har också ett val. Du skulle istället kunna kolla upp Neovas smutsiga verksamhet. Varför ska de kunna fortsätta att förstöra vår gemensamma framtid helt ostört? Det finns inget i det här fallet som är juridiskt förutbestämt. Det är avvägningar ni gör och det finns ett lagrum att handla annorlunda om ni bara visar lite civilkurage."

Domaren tittar på mig och säger: "Du har också ett val. Det finns andra sätt att engagera sig för klimatet. Du kan gå med i ett parti och driva frågan den demokratiska vägen."

"Jag har prövat. Jag är talesperson för Klimatalliansen och kandiderade i det senaste riksdagsvalet", svarar jag trött. Jag orkar inte ens bemöta hennes försåtliga begränsning av demokratin. Här och nu handlar det bara om häktningen så jag spar resten till rättegången. Jag har sagt det

jag ville och svarar bara på direkta frågor under resten av
förhandlingen.

Det politiska haveriet

På vägen tillbaka till min cell tänker jag på domarens uppmaning att aktivera mig partipolitiskt. Ja, vad gör man när det inte finns något parti att rösta på? När alla regeringar missar våra klimatmål och internationella överenskommelser? När forskare och experter år efter år säger att vi håller en katastrofal kurs men ingen ändrar riktning? Jag hade kunnat gå med på att engagera mig i något av de etablerade partierna om det fanns något hopp, en vision att tro på. Nu står politikerna istället tysta och fullständigt handfallna inför den globala dödsfälla vi hamnat i.

Stockholm, November 2020

Det var två år efter valet 2018 med den katastrofala sommaren präglad av värmeböljor och skogsbränder. Efter politikernas löften under valrörelsen hade den rödgröna regeringen återgått till samma destruktiva politik som förut. I klimatrörelsen växte frustrationen. Inte så mycket för bristen på radikala beslut som regeringens grönmålning av sin egen politik. Det var avsaknaden av ärlighet, falskheten i retoriken, som gjorde folk mest upprörda. Politiken var på kollisionskurs mot Extinction Rebellions första krav: "Tala klarspråk".

Under förberedelserna till Extinction Rebellions större aktionshelg, Novemberupproret i Stockholm, bestämde vi oss för att agera mot regeringspartierna. Merparten av aktivisterna skulle slå till mot Socialdemokraternas partikansli på Sveavägen och jag och Gunilla ingick i en mindre grupp som siktade in oss på Miljöpartiets kansli vid Pustegränd nära Slussen. Syftet var inte att berätta hur illa det är, utan att skaka om och få dem att erkänna sitt politiska misslyckande. Våra krav mot regeringen var att tillsätta en nationell folkbildningskampanj, starta ett medborgarråd och få dem att se behovet av massiv civil olydnad. För att visa falskheten i deras retorik hade vi gjort affischer med MP's mest provocerande uttalanden som "Allt du behöver göra är att tanka", "Historisk klimatbudget" och att deras politik var en "Gamechanger för klimatet". Under detta hade vi ordagrant återgett den omfattande kritik deras egna myndigheter hade riktat mot regeringens klimatpolitik. Affischerna tillsammans med flygbladen klistrades upp både inne i och utanför partikansliet.

Vi hade inte förväntat oss någon reaktion alls eftersom centralmaktens strategi alltid är att bemöta opposition med tystnad så länge det går. De sitter still i båten tills de blir tvingade att agera. Vårt syfte var istället att avslöja hyckleriet och beskriva att man måste vara ärlig runt effekterna av den politik som faktiskt förs. Vi ville också öppna upp för tanken att uppgiften är för stor för regeringen att hantera, att vi alla därför måste hjälpas åt och att vi utanför parlamenten spelar en central roll. Mycket riktigt kom det inte ett ljud från Socialdemokraterna. Däremot fick vi till vår förvåning ett antal bra möten med representanter från Miljöpartiet som tydliggjorde skillnaden mellan deras parlamentariska politik och vårt aktivistiska motstånd. Förutom förvåningen och irritationen över att en klimatrörelse ger sig på det nationella gröna partiet så klargjordes att vi är helt olika rörelser. Eftersom vi aldrig har fått något stöd från politiskt håll, varken moraliskt eller ekonomiskt, så har vi aldrig föreställt oss att vi har någon koppling till partipolitiken. Bland politiker i olika partier fanns däremot en föreställning att Miljöpartiet skulle vara någon sorts politisk gren till klimatrörelsen. Det fanns en utbredd bild över att vi alla var miljöpartister. Vi förklarade dock att vår uppgift inte var att locka väljare till ett parti och en politik vi inte tror på och vi sa att det är på gatan kampen kommer att avgöras, inte i kanslierna. Vi var därför inte intresserade av att lyssna på bortförklaringar om tuffa regeringsförhandlingar eller hur mycket värre det hade blivit med en annan regeringskonstellation. Det hjälper inte om man lyckats förhandla fram några miljoner till i klimatbudget eller inför en flygskatt på några hundringar när alla kurvor pekar åt fullständigt fel håll. Den rödgröna regeringens tafatta försök var knappt en krusning i jämförelse med den stormvåg som är på väg mot oss. Genom den maktlöshet politikerna visade, gjorde de sig mer och mer irrelevanta. För mig blev det uppenbart i samtalen att lösningen inte ligger på deras bord. Jag blev då övertygad om att vi utanför riksdagen har mer makt än de som sitter inne i riksdagens plenisal.

Häktet Jönköping, söndagen den 23:e juli

Plötsligt öppnas dörren och Charlotte kommer in.

"Det var snabbt", säger jag medan jag reser mig upp.

"Ja, det brukar inte ta så lång tid. Domaren tar själv beslut i häktesförhandlingar."

Hon tar en liten paus och säger: "Nu är det så att domaren beslutade att häkta dig."

"Okej bra, då vet vi det", svarar jag.

"Beslutet om häktning kommer att omprövas senast om två veckor men åklagaren kan besluta att släppa dig när som helst. Jag tror det hänger på att ni skrivit att ni kommer fortsätta vara i torvbrottet så när den tiden är över tror jag åklagaren släpper dig."

"Ja, eller så håller de mig några månader till rättegången. När man är inlåst vill man inte ha några falska förhoppningar så jag riktar in mig på det istället", säger jag.

"Jag förstår helt. Jag pratade förresten precis med vakten och du kommer få ett trevligare rum med TV."

"Det låter toppen", säger jag med ett leende. Jag fortsätter: "Var inte orolig för mig. Jag har det bra här inne och massor att göra. Så länge jag får lite litteratur och något att skriva på så går det ingen nöd på mig."

"Skönt att du tar det så", svarar hon och fortsätter: "Jag tycker vi skall överklaga till hovrätten så snart som möjligt. Det finns en chans att de tolkar häktningen annorlunda."

"Ja visst, gör det. Det är åtminstone bra att även Göta hovrätt blir bekanta med klimataktivister."

Vakten tittar in genom dörröppningen och säger: "Vi kan flytta redan nu. Det är precis här bredvid. Så packa ihop dina saker så kan vi gå med detsamma."

"Okej", svarar jag, plockar ihop mina saker och följer med honom ut i korridoren.

"Jag hör av mig senare", säger Charlotte

"Vi hörs, hej", svarar jag och följer vakten några dörrar bort.

När jag kommer in ser jag en säng till vänster och ett skrivbord rakt fram vid fönstret, båda i samma ljusa bokfaner. Cellen är ganska fräsch med endast lite klotter inristat på väggar och skrivbord. Till höger är en anslagstavla uppsatt. I fängelset fyllde jag tavlan med alla bilder och kort jag fick skickat till mig. Den tomma tavlan får mig att förväntansfullt längta efter första breven som nog kommer nästa vecka. I taket hänger en TV i en vridbar metallarm.

Jag tittar ut genom persiennerna i fönstret och konstaterar att det är nästan exakt samma tråkiga utsikt som i förra cellen. Jag känner på de långa beigea gardinerna som är gjorda av någon blandning av polyester och bomull. Jag ler för mig själv och tänker: "Vilken stor skillnad ett par gardiner kan göra för hemtrevnaden!" Jag vänder mig mot sängen och tar upp sängkläderna som ligger vid fotändan på madrassen och börjar bädda. Det är samma galonmadrass, samma galonkudde och filt men det blir mycket skönare med lakan och örngott.

Kvällsmaten äter jag vid skrivbordet. Det känns mycket mer civiliserat att sitta upp och äta vid ett bord än som ett djur på golvet. Däremot märker jag att ensamheten blir starkare nu, här vid bordet. Jag saknar kvällsmaten med familjen där vi sitter tillsammans och pratar om allt möjligt. Jag slår på TV'n för att få lite sällskap. Till min överraskning är det fotbolls-VM. På nyheterna meddelar de att Sverige har spelat mot Italien idag och vunnit med 5-0. Jag följer vanligtvis inte fotboll så jag vet inte alls hur bra Sverige är men jag tror att Italiens damer brukar vara ganska vassa.

Hemma har jag inte tid att intressera mig för idrott men här inne så är fotboll perfekt. Nu är det inget problem med 90 minuters verklighetsflykt och jag har tid att engagera mig i tabeller och statistik. "Konstruerad meningsfullhet som Nilla brukar kalla det", tänker jag. Det är fortfarande bara gruppspel så jag har några veckors underhållning att se fram emot. Jag hoppar över boken ikväll och växlar mellan några program tills jag är så trött att jag inte kan sitta upprätt. Jag stänger av TV'n och somnar nöjt. Idag var det en riktigt bra dag.

Häktet Jönköping, måndagen den 24:e juli

Jag vaknar tidigt med drömmarna kvardröjande i mina tankar. Jag var med i en paneldebatt med politiker på Sergels torg i Stockholm. Torget var en blandning av föreläsningssal och gågata med passerande människor. Det hördes inget när jag pratade och en mikrofon skickades utanför min räckvidd hit och dit mellan politikerna. Jag fick tag på en megafon men batterierna trillade hela tiden ur. Till slut såg jag ett gäng från Återställ Våtmarker med banderoller på väg mot centralbron. Jag hade glömt att det var aktion idag och jag sprang snabbt ner för att möta dem. På vägen till bron gick jag stressad genom alla förberedelser. Har ni tränat? Vilka är arrestsupport? Vem fotar?

Jag slår på TV'n och ser att klockan är 6:12. Jag stänger TV'n igen och samlar ihop mina juridikanteckningar, och de övriga pappren från häktesförhandlingen. Jag tar ett tomt papper och viker runt, mest för att symboliskt aktivera försvaret. Det får vänta tills det blir rättegång. Jag tar ett nytt papper och skriver "Strategi" överst. Det får istället bli ämnet för mitt arbete några dagar framöver. Mina tankar fastnar i valrörelsen inför riksdagsvalet förra året.

Februari 2022

Vår sista våg av flygaktioner som stoppade flygplan på 13 flygplatser fullständigt drunknade i rapporteringen från det fruktansvärda kriget som samma helg bröt ut i Ukraina. Trots att det fanns mycket i aktionerna som var positivt så blev det inte det mediala genomslag vi hade hoppats. Jag hade redan innan haft en längre period av utmattning och var nu mentalt och känslomässigt helt slut och behövde en paus från aktivismen. Då ringde Janine, styrelseledamot i Klimatalliansen, mig och frågade om jag ville gå med i rörelsen. Jag hade intresserat följt Klimatalliansen på håll när de bildats tidigare under hösten. Jag gillade greppet att lägga all partiideologi åt sidan och gå samman för att gemensamt lösa den katastrof vi står inför. Äntligen fanns det ett alternativ där det fanns möjlighet att vara helt uppriktig och ärlig utan att tyngas ner av en partiideologisk ryggsäck. Det finns politiker i alla läger som vet precis hur illa det är och i förtroende berättar de om sin oro och sorg. Om man kunde samla alla dessa så skulle man kanske kunna skapa en förändring bortom politiska meningsskiljaktigheter. Trots att vi fick med oss några profilerade politiker blev det ingen större anstormning. Därför beslutade Klimatalliansen att ställa upp i det kommande riksdagsvalet för att sätta ytterligare press på politikerna. Jag älskade själv upplägget. Som aktivist slår man till där det stör mest, oftast mot den allmänna ordningen eller ekonomin. Nu fanns det en möjlighet att sno politikernas röster om de inte skärpte sig. Jag gick med, blev invald i styrelsen och valdes tillsammans med Gudrun Schyman och William

Grönlund till talesperson. Samtidigt gick Återställ Våtmarker ut på motorvägarna i Stockholm men jag var för skör för att kunna följa med då. Jag beslutade istället att kandidera i det kommande riksdagsvalet. Min tanke var att pröva om den parlamentariska vägen kunde öppna nya dörrar eller ge några nya insikter. Jag tänkte också att en valrörelse kunde ge fler möjligheter till möten utanför den aktivistiska scenen.

Vi talespersoner delade upp Sverige mellan oss och med elbil, ljudanläggning och banderoller åkte vi runt i Sverige och höll tal. Vi tog tre städer per dag och var ute i veckor i sträck för att vara synliga på så många platser som möjligt. Jag minns speciellt ett av de första talen jag höll i Hässleholm. I publiken på torget stod en man i 40-årsåldern och lyssnade med sina tatuerade armar i kors över bröstet. Jag kunde inte avgöra om han var förbannad över min alarmistiska retorik runt klimatnödläget och politikernas passivitet eller om han på allvar var intresserad att lyssna på vad jag pratade om. När jag var klar och packade ner banderollerna så kom han fram till mig, skakade min hand och sa:

"Det du sa stämmer ju precis på pricken. Det är för jävligt vad som händer."

Jag svarade: "Vad bra att du håller med. Ja jag vet, det är verkligen fruktansvärt."

"Högern har ju ingenting på sin sida. Det är helt tomt", sa han med eftertryck.

"Nej, jag vet. Vänstersidan är inte speciellt mycket bättre heller", svarade jag.

Då sa han: "Jag är gruppledare för SD i en av grannkommunerna. Vi måste ju ha någonting att komma med här. Annars blir det katastrof."

Jag försökte se om han var ironisk, men han var gravallvarlig. Jag blev så förvånad att det tog några sekunder innan jag svarade: "Det ger mig hopp att höra. Klimatet handlar inte om ideologi, det angår oss alla."

Jag minns inte vad vi sen sa, bara att vi skiljdes åt och jag var kvar med en konstig känsla att den här valrörelsen inte kommer att bli vad jag förväntade mig. Jag är helt säker på att Sverigedemokraternas partiledning är ideologiskt övertygade rasister men sympatisörer ute i landet kanske tänker annorlunda? Kanske är de bara trötta på det politiska skitsnacket och har en känsla av att allt håller på att gå åt helvete? Den populism och högerextremism som breder ut sig från Trumps USA till Marine Le Pens Frankrike fyller mig med både en fasa och djup avsky men vi måste kunna mötas och prata. Jag bestämde mig för att försöka få folk jag träffar att börja berätta, för att lära mig hur de tänker och hur de ser på den situation vi befinner oss i. I varje stad jag besökte fanns det alltid någon som var djupt oroad av klimatkatastrofen och hade ett behov av att prata av sig. Till min överraskning tillhörde de alla partisympatier från höger till vänster. Jag var noga i mina tal med att säga att Klimatalliansen är varken vänster eller höger och att vi måste kravla upp från de politiska skyttegravarna för att kunna mötas. Hade jag tillhört ett etablerat parti så hade jag aldrig kunnat få till dessa diskussioner eftersom det ofta fanns en lika stark motvilja mot det andra politiska blocket som i oron för klimatet. Jag träffade så klart också på de personer som likt ett fotbollsfan svalde allt det egna laget sa men förvånansvärt ofta träffade jag på en vilsenhet i det politiska landskapet. Som om det inte fanns något att rösta för längre, bara emot.

Jag bestämde mig för att undersöka hur de lokala politikerna tänker runt klimatet så när jag besökte en stad så passade jag på att besöka de lokala partierna. Eftersom Klimatalliansen antingen var helt okända eller inte kunde placeras i en vänster-högerskala och därmed inte var ett hot så blev jag alltid varmt välkomnad. Bland de borgerliga politikerna mötte jag ibland en avgrundsstor okunskap, som när en moderat politiker i Västerås tyckte att vindkraftverk drar alldeles för mycket el och dödar alla fåglar. Men jag möttes lika ofta av en djup insikt i hur allvarligt läget är. Det sorgliga var att vi bara kunde få en ärlig och öppen diskussion om vi stod lite avsides. Då sänkte de rösten och berättade om sin oro och hopplöshet inför situationen. Det var tydligt att man inte kunde tala öppet om frågan i partiet. Jag hade redan tidigare fått en indikation om hur läget var från en god vän som var lokal moderat politiker. Han hade berättat om jargongen inom partiet där man skrattade och hånade Greta Thunberg och all oro om klimatet avfärdades som om man var någon sorts vänsterhippie. Han avslutade senare alla sina politiska uppdrag. Nu fick jag besked om att oron finns i nästan alla partigrupper men att partikulturen är så stark att frågan inte går att diskuteras förutom i de snäva ramar partiledningen pekat ut.

När jag träffade vänsterpartister och miljöpartister möttes jag av en märklig blandning av avståndstagande och påtvingad gemenskap. I den inledande diskussionen sökte de oftast bekräftelse på att vi är de som har förstått hur illa det är och vi vet vad som måste göras. Mina invändningar mot deras strategi och politik avfärdades som detaljer i sammanhanget. De ansåg att det viktigaste var att vi gemensamt håller en enad front mot högern, övriga frågor kunde vi ta efter valet. När vi pratat en stund kom kritiken mot att Klimatalliansen ställde upp i valet. De sa att jag borde förstå att Klimatalliansen inte har någon chans att komma in och att vi bara tar röster från de partier som kan göra skillnad på riktigt. Jag försökte förklara att Klimatalliansen är något helt annat än deras partier och att jag söker stöd utanför partipolitiska grupperingar. Jag ställde inte upp i riksdagsvalet för att kompromissa, jag kandiderade för att folkbilda, skapa opinion och fördjupa demokratin via medborgarråd. Min uppgift om jag kom in skulle vara att vara jobbig och obekväm för att få igång en ärlig debatt baserad på fakta och kunskap, inte driva mina egna frågor. Sakfrågor om hur omställningen ska se ut lämnar jag till folket att avgöra själva. Jag bemöttes ofta med att jag var "naiv", inte "förstod det politiska spelet" och att jag "splittrade miljörörelsen". Att jag kunde ha andra demokratiska metoder utanför den representativa parlamentarismen möttes av totalt oförstående, som ett paradigmskifte de inte kunde ta till sig. För att sätta fingret på vad problemet var ställde jag alltid frågan: "Om ni vinner, hur kan du garantera att vi inte får samma destruktiva rödgröna politik som vi haft de senaste åtta åren?" Frågan besvarades alltid med undanflykter som "Det kommer bli mycket värre med de blåbruna" eller "Vi har faktiskt fått igenom massor av grön politik". Något begripligt svar till hur vi ska kunna hålla koldioxidbudgetarna och klimatmålen fick jag aldrig.

Jag hade aldrig haft några förhoppningar att vi skulle komma in men när valresultatet senare i september kom blev jag förvånad. Klimatalliansen fick färre röster än vad vi hade medlemmar, vilket måste ha vara någon sorts rekord. Valanalysen var tydlig, rädslan att det andra blocket skulle vinna var större än att rösta på ett alternativ som åtminstone försöker skapa en väg ut ur den dödliga politiska låsning vi sitter i. Valstrategin att bekämpa motståndaren blev viktigare än politiskt innehåll och retoriken om bortkastade röster hade vunnit. I första rummet kommer alltid strävan efter makten. Vänsterpartiet och Miljöpartiet fick nu en klar indikation på att det lönar sig att närma sig Socialdemokraterna när det kommer till klimatet. De behöver inte vara rädda att tappa radikala röster med en urvattnad klimatpolitik eftersom ingen vågar pröva något alternativ. För de högerkonservativa visade det sig att det gick utmärkt att ännu en valperiod dölja klimatpolitiken, denna gång bakom en aggressiv kärnkraftspolitik.

Jag tänker tillbaka på valdagen där jag stod bland de övriga partierna och delade ut valsedlar utanför vallokalen vid en gymnasieskola på Söder i Stockholm. Plötsligt säger liberalen bredvid mig:

"Jaså, du är från Klimatalliansen. Egentligen är det ju ni som har rätt."

Jag svarade leende: "Och här står du och delar ut valsedlar för Liberalerna."

"Ja, vad skall jag göra?" svarade han och ryckte på axlarna.

Jag undrar vad han tänker nu. Hur länge kommer han stå ut innan han, som min vän i moderaterna, lämnar in och avsäger sig alla sina uppdrag? Var går gränsen innan alla dessa oroliga människor slutar knyta näven i fickan och börjar våga hoppas på något annat?

Häktet Jönköping, måndagen den 24:e juli

Jag tar upp mitt papper och tittar på det enda ord jag än så länge skrivit: "Strategi". Jag känner mig tom i huvudet och slår på TV'n. Matchen Sverige - Sydafrika har just börjat. Jag lägger mig på sängen med matbrickan i knät som skrivstöd. Jag låter tankarna flöda fritt medan jag betraktar det korta passningsspelet som får Sverige att komma igenom Sydafrikas mittfält. Jag byter rubrik och skriver in "Det politiska haveriet" istället. Då slår det mig att det handlar inte om politik. Åtminstone inte den typ av politik jag träffade på under valrörelsen. Själv talade nästan aldrig om sakpolitik under hela valrörelsen, bara om klimataktastrofens akuta omfattning, det politiska misslyckandet, vikten av demokrati och att inkludera medborgarna i den politiska processen. Klimatalliansen hade kommit överens om en valplattform för att exemplifiera och göra vårt budskap begripligt men jag var själv helt ointresserad av dess innehåll. De viktiga frågorna är mer grundläggande än så.

Jag är inte någon politiker och har heller aldrig varit det. Politiska debatter intresserar mig sällan eftersom engagemanget känns så konstruerat. Jag kan inte motivera mig för höjd sjukpenningnivå när barn i Ghana blir blinda av en mask som kan botas för endast en dollar. Vi har mer pengar än någonsin och ändå kan några procents höjd ränta skapa ett drama som slår ut krigsrubrikerna från Ukraina. Brydde sig verkligen folk om alla de jobbskatteavdrag som haglade över oss? Jag har personligen aldrig märkt någon skillnad i mitt liv mellan en socialdemokratisk eller moderat regering. Jag minns också att jag hade svårt att förklara för döttrarna i skolan vad som egentligen skiljer ideologierna åt. På vilket sätt är socialismen relevant i dagens socialdemokrati och vad betyder det verkligen att vara konservativ idag? Mest komiskt blir det när Liberalerna eller MUF går ut och tar strid för gårdsförsäljning av alkohol, som om det är den största orättvisan i världen.

Nu är vi i ett skifte som sätter allt på sin spets. Klimatförändringarna kommer att förändra allt. Klimatrörelser över hela världen bokstavligen skriker "System Change!" Samtidigt slåss politikerna över låtsasfrågor och kompromissar över detaljer i budgetar. För ett halvår sedan var jag med i en studie på samhällsvetenskapliga institutionen i Lund. Studien handlade om repressionen mot klimataktivister. Slutsatsen var att aktivisternas krav på systemförändring inte kunde mötas av partier som upprätthåller dagens system. I avslutningen stod det: "Politikerna kan inte agera på aktivisternas krav och kan därför bara svara med hårdare repression. Den hårdare repressionen blir därmed ett återskapande av miljöförstörelsen."

Liknande kontraproduktivt agerande kan man också se i partiernas klimatpolitik. För varje litet otillräckligt klimatbeslut de tar så försöker de visa på sin initiativförmåga och beslutsamhet. Denna inkrementalism, de små stegens politik, köper bara ännu mer tid till de stora förstörarna samtidigt som de inger ett dödligt falskt hopp till medborgarna om att de har kontroll över situationen. I klimatretoriken tonas katastrofen ner och språket fylls med hopp utan att någon egentligen behöver anstränga sig. Det är därför de fortfarande pratar om ett onåbart 1,5-gradersmål och rena lögner att omställningen kan göras utan att tumma på varken tillväxt eller privatekonomi. Trots att vi vet hur illa det är fortsätter politikerna med förminskning, relativisering, vilseledning och rena lögner eftersom de inte kan göra något annat. Alternativet, att berätta hur illa det är, skulle vara ett direkt politiskt självmord eftersom de inte har någon lösning. Istället fuskar de med mätningar runt utsläppssiffror, skyller ifrån sig och skapar klimatmål långt bortom den nuvarande mandatperioden.

Decennier av fundamentala politiska misslyckanden har nu tagit oss till randen av global kollaps. Låt oss påminna om läget. 2018 sade Johan Rockström att vi hade 10 år på oss att vända utvecklingen. Klimatforskaren Kevin Anderson uppskattar att vi når 3–4 graders uppvärmning med 90 procents sannolikhet. Nu säger FN:s klimatchef att vi har två år på oss att rädda planeten. Anledningen till de alarmistiska uttrycken är att de vet att en två grader varmare jord väntas innebära ett fullständigt helvete för en miljard människor. Vid 4 graders uppvärmning kan merparten av jordens befolkning utplånas. Det är därför klimatförändringarna klassas som mänsklighetens absolut största säkerhetshot. För varje klimatrapport och nyhetsartikel om extremväder blir det svårare för politikerna att debattera sig ur den hårda naturvetenskapliga verkligheten. De politiska ideologierna blir bara mer och mer innehållslösa. Istället för att vara en källa till visioner om en möjlig framtid fungerar de nu som ett sänke fast rotat i en döende värld.

Häktet Jönköping, måndagen den 24:e juli

Matchen är slut, 2-1 till Sverige vilket var ett rättvist resultat. Det kunde ha blivit ännu större siffror men jag antar att de inte anstränger sig i onödan i gruppspelet. Jag lägger mig nöjd på magen i sängen och drar täcket över huvudet för att ta en förmiddagsvila. Jag kommer ihåg VM -94 när jag pluggade i Lund. Efter varje vinst ökade förvåningen men också förhoppningen att något stort var på gång. Vid tiden för slutspelet hade kommunen satt upp storbildsskärmar på torget och även en oinsatt som jag satt bänkad framför TV'n på John Bull med en öl i handen. Det skojades om att Sverige hade blivit en bananrepublik med usel ekonomi, varmt väder och ett riktigt bra fotbollslag. Tentan kändes långt borta när vi förenades i sommarkvällen över en känsla av frihet och att allt var möjligt. Det var något magiskt i luften, en förändring som kändes större än den betydelselösa semifinalplatsen det egentligen var.

Idag är hopp en bristvara. Jag kan inte ens i min vildaste fantasi föreställa mig hur mänskligheten ska kunna ta oss ur den här katastrofala situationen. Med tanke på fördröjningen mellan utsläpp och effekter samt de självförstärkande globala processerna måste vi se en drastisk förändring nu. Jag ser inga politiska tecken på att det kommer hända. Om nu mot förmodan alla regeringar skulle göra en global helomvändning mot netto noll så får jag inte heller ihop hur det skulle gå till. Bara elektrifieringen kräver att vi gräver ut ytterligare 50 procent av allt koppar som någonsin brutits i historien. All omställning kommer även initialt öka utsläppen med byggnationer, gruvdrift, transporter och allt annat som krävs. På det har vi en kaskad av andra katastrofer, som artutrotningen och de havererade ekosystemen, på vår hals som inte blir lättare att hantera när våra samhällen utsätts för den press som klimatförändringarna kommer innebära. Jag kan bara dra en slutsats, vi kommer drabbas av en global katastrof oavsett vad vi gör. Frågan är bara hur den kommer se ut, när den kommer och hur stor den kommer bli.

Jag har mycket svårt att föreställa mig hur framtiden kommer se ut i Sverige. Samhället tuggar på som vanligt, som om det är det mest naturliga som finns. Jag kan faktiskt inte ens ta in att kaffet kan ta slut, ännu mindre att mina pensionspengar kan försvinna. Jag vet dock vad som händer när samhällsfunktionerna börjar försvinna. När polis och rättsväsende raseras tar de lokala krigsherrarna över vilket vi såg i forna Jugoslavien på 90-talet, med våldtäkter, tortyr och mördande i deras spår. När folk blir av med sina jobb och besparingar kommer de inte vända sig till de politiker som satt oss i den här skiten. Vi ser redan tendenser till det i Italien och Frankrike där folk börjar vända sig till populister och rena högerextremister för en lösning. Jag vill åtminstone att det ska finnas ett mänskligt, demokratiskt alternativ när det händer i Sverige. Om vi inte lyckas att få till en omställning så vill jag i alla fall bygga upp en stark motståndsrörelse baserad på kärlek och humanism med fredligt tränade personer redo att agera. Första steget att kunna vara ett framtida alternativ till de onda krafter som växer sig starkare för var dag är att vara öppen och ärlig. Vi måste stå upp mot fascisternas lögner och konspirationsteorier med mer vetenskap, mer kunskap, mer inkludering och våga prata om de svåra lösningarna. Inte fortsätta i den gråzon som politikerna befinner sig i idag.

Dörren öppnas och en vakt säger: "Dags för lunch!"

Jag tar min bricka och följer med ut till matvagnen. Jag känner en stark närvaro av 30-talets Tyskland. Ordet motståndsrörelse blir både skrämmande och mer levande, det förpliktigar. Hur mycket moralisk ryggrad kommer jag ha när det blir riktigt illa? "Historien upprepar sig inte men den rimmar", tänker jag medan de slevar upp mat på min tallrik. Jag har ingen aning hur det här kommer sluta men just nu är jag otroligt tacksam över den ännu ganska humana svenska kriminalvården.

Samtalet hem

Häktet Jönköping, måndagen den 24 juli

Det blev stekt potatis, sojabiff och gröna ärter till lunch. På vägen tillbaka till min cell kommer jag på att jag inte har varit utomhus på flera dagar. Det hade varit skönt att få sol i ansiktet och känna lite frisk luft så innan vakten stänger celldörren säger jag:

"Jag vill gå ut på rastgården idag."

"Okej. Jag skall se om det finns ett tillfälle i eftermiddag", svarar hon.

Jag sätter mig i sängen med brickan i knät och slår på TV'n. Eftersom måltiderna nu åter påminner mig om min ensamhet vill jag inte längre använda skrivbordet som matbord, så jag sätter mig på golvet. Jag låter Antikrundan stå på mest för att fylla rummet med röster. Jag har suttit i en vecka snart och jag tror att den här cellen är min slutstation. Det är dags att jag skapar lite rutiner och jag funderar på hur jag kan dela upp dagen. På morgonen kan jag titta på nyheterna tills frukosten kommer. Därefter måste jag sätta igång och jobba för att få lite struktur på tillvaron och inte bli för passiv.

Under slutet av min tid på universitetet drabbades jag av tentaångest vilket gjorde att jag fyllde dagen med dåliga TV-serier och datorspel. De bortkastade dagarna gav mig ännu mer ångest som jag projicerade på mina studier. Det blev successivt en självdestruktiv spiral. Den lättillgängliga förströelsen blev en flykt från att ta tag i mitt liv och lättade i stunden skulden över att jag inte kunde plugga. Till slut var det så illa att jag knappt kunde öppna böckerna. Min räddning var att jag blev antagen till exjobb på ett konsultföretag. Jag pausade de sista kurserna och fokuserade på att få en fot in på arbetsmarknaden istället. När jag satt på Liber förlag och arbetade med deras e-bokhandel vände allt direkt. Jag gjorde något nyttigt som andra var beroende av vilket skapade livsglädje. Från att ha pluggat effektivt maximalt en halvtimme om dagen hade jag plötsligt inga problem att jobba heldagar. I ren glädje satt jag många gånger kvar på jobbet till sent på kvällen trots att jag inte fick någon övertidsersättning.

Jag tror vi alla måste känna att vi behövs, att det vi gör är viktigt och har betydelse. Idag är det så lätt att bli matad av allt som serveras. Det konsumtionsbaserade systemet fyller oss med ett ständigt flöde av upplevelser men ger inte någon mening. Vi är sociala kreativa varelser som vill hjälpa varandra, att bara ta emot passiviserar och tömmer oss på betydelse och sammanhang. Skadan från studietiden satt kvar länge, det tog flera år innan jag kunde läsa böcker som inte hade direkt relevans för mitt arbete. Fortfarande idag är jag rädd att drabbas av samma ångest och jag aktar mig därför noga för att sätta mig i situationer där jag blir overksam eller inte har kontroll över mitt liv.

Jag fortsätter med mitt schema. Direkt efter frukosten måste jag sätta igång och jobba. Halv tio börjar fotbollen. Så länge jag kommit igång med arbetet unnar jag mig att se matcherna. Jag har trots allt en sorts semester som ska vara avkopplande och jag har ingen press att jobba. Jag bestämmer att en timmes lunch blir lagom. Då behöver jag inte stressa i mig maten och det finns tid att läsa lite också. På eftermiddagen tar jag en paus för att träna. Efter kvällsmaten bestämmer jag att jag tar ledigt. Då kan jag läsa, spela schack och kanske lösa några Sudoku, om jag får tag på en tidning. Den största faran ligger i slötittande på TV på kvällarna. Jag bestämmer mig för att endast titta på de program och filmer jag aktivt väljer. Finns det inget att titta på så måste jag stänga av TV'n eller sätta på kanalen som bara sänder radio. Jag är mycket nöjd med min plan och ska precis sätta mig vid skrivbordet då dörren öppnas.

"Hej, dags för en promenad på rastgården. Du får vara där uppe i en timme", säger vakten.

"Det räcker", svarar jag kortfattat. Jag tar min tjocktröja i handen och trycker ner fötterna i gympaskorna och följer med vakten ut i korridoren. Vi går genom häktet och vid varje ny korridor går en av vakterna före, för att se om kusten är klar. Ibland får vi vänta på att en annan intagen ska passera för att vi inte ska se eller prata med varandra. Det blir lite komiskt, som en spionfilm där vi smyger runt i korridorerna för att inte upptäckas. Eller att vakterna tror att vi som katter direkt börjar fajtas när de möts på gårdsplanen utanför huset. När vi kommer fram till trappan upp till taket ser jag plötsligt två vakter och en annan intagen gå emot oss. Då ser jag att det är Calle, en pensionär från Stockholm som jag gjort aktioner med i flera år. Jag vågar inte gå fram och ge honom en kram så jag säger istället:

"Gud vad glad jag blir att se dig Calle!"

"Detsamma Pontus. Jag tror du kommer att träffa Ludde och Rickard där uppe. Hälsa från mig", svarar han.

"Vi ses", säger jag när han passerar.

"Det gör vi, ta hand om dig", svarar han.

Vi går upp för en trappa fram till en ståldörr på höger sida som vakten låser upp och öppnar. Direkt innanför dörren öppnar sig en gård som täcks av den öppna dörren. Rakt fram finns ännu en ståldörr som vakten låser upp. Jag går ut på ytterligare en utegård och vakten stänger dörren bakom mig. I ena hörnet av gården som är formad som en tårtbit står Rickard och Ludde. De har samma gråvita kläder som jag och njuter av den varma solen. Jag går fram och ger dem båda en stor kram.

"Fan vad kul att se er. Ni ser ut att må bra", säger jag.

"Det går ingen nöd på oss", svarar Ludde.

"Det är första gången vi ser dig här uppe", säger Rickard och fortsätter: "Vi har redan träffat David, Patrik, Calle och Henrik förut här uppe."

"Jo, det är första gången jag är ute. Jag har haft annat att göra", svarar jag.

"Jag och Rickard bor tillsammans", säger Ludde.

"Patrik och Johan delar cell och David bor med Henrik. Vi har inte träffat någon av tjejerna", fyller Rickard i.

"Jag bor ensam, men det gör mig ingenting", säger jag.

Vi pratar en del om förhören och misstanken. Det verkar som de frågat alla om vem som planerade aktionen.

Ingen har fått någon information utifrån så vi vet ingenting om hur aktionen fortgår eller vad media skriver. Både Rikard och Ludde har suttit inne förut och vet vad som gäller. Det finns ingen anledning att tänka eller oroa sig för något man inte kan påverka. Vi är inlåsta i en bubbla och då kan man lika väl ta det lugnt och göra det så bekvämt man kan.

"Har du fått ringa hem förresten", frågar Ludde.

"Nej, får man det?" svarar jag. "I fängelset krävdes en massa pappersarbete innan jag efter två veckor kunde ringa hem."

Ja, vi har alla fått ringa."

"Jag frågar om jag kan ringa Nilla när rasten är slut", säger jag.

Rickard och Ludde gymnastiserar lite och jag joggar lugnt mellan de tre hörnen i öppningen på taket. Rastgården är likt cellen också för trång för att det ska kunna bli en ordentlig löpträning. Då och då stannar jag upp och pratar lite med Rickard och Ludde om torvbrottet, hur dikena fylldes med vatten bakom pluggarna och polisens problem att samla in alla aktivister utspridda över torvbrottet. Uppifrån taket har vi bra utsikt över Jönköping och Vättern. Vi pratar om hur vackert det var på den orörda delen av mossen med den köttätande växten Sileshår i de gamla dikena. Ingen av oss kan på rak arm avgöra om den är rödlistad eller ej.

Dörren öppnas och en vakt säger: "Nu är rasten slut." Vi följer med honom ner för trappan. Där får vi vänta medan vi en efter en tillsammans med två vakter slussas tillbaka till våra celler. Innan de stänger dörren till min cell säger jag:

"Jag skulle vilja ringa hem. Jag hörde att de andra har fått göra det."

"Jag skall framföra det. Vad heter hon och vad har hon för telefonnummer?" säger vakten.

"Gunilla Bergendahl och det är min fru." Jag försöker visualisera numret. Efter att ha rabblat siffrorna några gånger tror jag att det blev rätt. Hoppas det inte blir något strul nu tänker jag. Jag orkar inte med mer bråk med vakterna när jag börjar få ordning på tillvaron. För att inte bli besviken ställer jag mig in på ett nej. Jag bestämmer mig också för att inte säga någonting om jag blir nekad.

Jag sätter mig vid skrivbordet och strukturerar mitt arbete. Jag måste skriva ner lite om situationen vi befinner oss i, visionen om en hållbar framtid och vilka övergripande mål vi har innan jag kan börja jobba med strategier. Jag nöjer mig med att skriva stödanteckningar som jag kan renskriva när jag kommer hem. Det räcker att jag skriver så tydligt att jag förstår vad jag menar om några veckor när jag kan renskriva på datorn. Efter ett par timmar öppnas luckan i dörren och vakten sträcker in en telefon.

"Det är din fru på linjen", säger hon.

Jag tar emot telefonen, vänder mig mot fönstret för att få lite avskildhet och säger: "Hej, det är jag. Hur har ni det?"

"Vi har det väl bra, frågan är hur det är med dig", svarar hon.

"Jo, allt är väl. Du vet ju att jag har det bra när jag är inlåst."

Jag känner ett sting av dåligt samvete. Det var inte planerat att jag skulle bli häktad och det här kan verkligen dra ut på tiden. Nu lämnar jag Nilla ensam med allt där hemma samtidigt som hon har ett heltidsjobb att sköta.

Jag säger: "Det var inte riktigt meningen att det skulle gå så här. Jag är lite förvånad att de häktade oss men jag skall försöka komma hem så fort jag kan."

"Som om du kan påverka det", skrattar hon och fortsätter: "Men nu är det som det är. Elina kontaktade mig direkt när du blev gripen så jag har vetat sedan i onsdags att du är inlåst. Sen har arrestsupporten kommit med uppdateringar hela tiden."

"Bra, jag förutsatte det. Funkar allt där hemma", frågar jag.

"Det löser sig. Tänk inte på det nu", svarar hon och fortsätter: "Torkan tog lite på chilin. Den klarar sig men de ser lite medtagna ut. Däremot har vi massor av jordgubbar."

"Jag antar att Sigrid är ute och plockar varje morgon", säger jag glatt.

"Japp. Alla tjejerna var förresten hemma här i lördags. Vi lagade Tacos och spelade Ticket To Ride", svarar hon.

"Gud vad härligt! När jag kommer ut fixar jag en lasagne. Lite System of a Down i högtalaren och en Gin & Tonic medan jag lagar mat. Det låter väl bra?" säger jag.

"Det blir utmärkt! Ungarna hälsar förresten."

"Ge dem en kram från mig när du träffar dem", säger jag.

Nilla låter helt plötsligt allvarlig: "En sak till Pontus, Sigrid hälsar att hon inte vill att du skall åka i fängelse igen."

Jag känner ett obehag. Det är inte bara jag som påverkas av att jag är inlåst. Jag drar till med en liten lögn för att lugna: "Okej, jag förstår. Jag tror inte de håller oss så länge till. När aktionsperioden är slut släpps vi säkert. Det finns förresten inte en chans att misstanken om grovt olaga intrång och grov skadegörelse kommer att hålla i rätten. Det blir inte fängelse på det här, jag lovar."

"Det kan du inte lova", svarar hon allvarligt.

"Nej, jag vet. Men jag tror inte det."

Varken Nilla eller jag brukar tala länge i telefon och jag känner att vakten snart kommer be mig avsluta samtalet så jag säger till Nilla: "Du, det är snart dags att avsluta. Kan du bara logga in på min bank och kolla så det inte finns några obetalda räkningar?"

"Jag har redan kollat det. Försök nu att inte oroa dig för mycket där inne", svarar hon.

"Jag älskar dig, jag skickar ett brev."

"Jag älskar dig också och jag svarar när jag fått din adress, hej", avslutar Nilla samtalet.

Jag trycker på knappen med en röd lur och lämnar över telefonen till vakten. Därefter lägger jag mig på sängen, det var ett känslomässigt samtal. Det betyder så otroligt mycket att höra Nillas röst. Vi har varit tillsammans i trettio år och varje nyans i tonläget avslöjar mycket mer än vad endast orden kan bära. Jag har sedan jag blev anhållen varit orolig att hon skulle vara arg på mig för att jag tar en oplanerad semester och lämnar henne med allt i vardagen. Jag vet att hon tycker det är lite störigt att jag är inlåst men hon var mer orolig för mig, vilket gör mig varm. Jag kan precis föreställa mig hur familjen hade det i köket i lördags. De lagar maten tillsammans med musik i bluetoothhögtalaren och turas om att lägga låtar på kö. Vår pudel Fiffi som hoppar upp och tar platsen på köksstolen så fort man reser sig för att fixa något. Diskussioner som flödar runt allt från aktivism, psykologi, geologi, litteratur till skvaller om gemensamma bekanta eller vad som hände under de senaste rollspelet. Kanske satt tjejerna och sminkade sig för att senare på kvällen gå ut på någon studentnation? De brukar ha förfest hos oss, ibland med sina kompisar, för att senare gå vidare vid 10-11 tiden. Tiden passar mig och Nilla perfekt. Då kan vi trötta kolla på ett avsnitt av en serie för att sen gå och lägga oss.

Vi får ta en vandring senare i höst, jag och Nilla, tänker jag. Det blir en bonus om någon av tjejerna hänger med. Jag hade tid förra helgen att mellan aktionsträningarna ta några korta promenader på Store mosse. Det var mycket vackrare än jag hade föreställt mig, lite som fjällen med de öppna vyerna. Just den nationalparken har jag ingen lust att återbesöka nu, men vi kanske kan besöka Tiveden igen? Jag minns med ett leende hur Nilla alltid ökar farten så jag knappt kan hänga med när vi är nära målet. Hon gör det omedvetet, som en gammal märr som längtar hem på slutet av rundan. Det är samma med Fiffi. Hon kan bestämma sig att nu räcker det, nu går vi hem, och så travar hon på med spänt koppel tills vi är hemma. Jag tänker igen på vad Sigrid hade sagt och det gör mig orolig. Aktivismen är ett familjeprojekt och jag gör aldrig något som jag inte har förankrat i familjen. Jag kanske borde ha väntat med radikal aktivism ett tag, åtminstone tills prövotiden från fängelsestraffet var över. Å andra sidan ville jag inte lämna mina vänner i sticket och bara sitta på ett kontor.

Lund hösten 2020

Under 2021 hade jag på jobbet blivit permitterad i omgångar på grund av pandemin. Vissa perioder var arbetstiden 20 procent med 90 procent av lönen. Eftersom jag var engagerad i Extinction Rebellion la jag därför istället all tid på aktivismen. Jag strukturerade upp organisationen, mobiliserade, planerade Coronasäkra aktioner och höll föreläsningar. Mitt fokus och engagemang förflyttades successivt från mina åtaganden som chef till att se till att klimatkatastrofen inte glömdes bort. Det var ett guldläge att lösa två kriser på en gång. Om vi skötte det här rätt så skulle vi kunna begränsa smittspridningen och samtidigt börja den nödvändiga omställningen mot ett hållbart samhälle.

Jag har alltid gillat att jobba och mitt driv baseras på glädjen över att göra något som har betydelse. De gånger jag fått för lite att göra eller känt att mina arbetsuppgifter är meningslösa har jag hittat på egna. När jag började som databasadministratör på Sydsvenskan så automatiserade jag hela driften och ett mail varje morgon sammanfattade läget i siffror och grafer. Min arbetsbörda gick från heltid till ett genomsnittligt arbete på runt en halvtimme om dagen. Jag bestämde mig för att istället se över datasäkerheten på Sydsvenskan så jag läste in mig, satte upp brandväggar, gjorde penetrationstester och automatuppdaterade sårbara system. Då löste jag min sysslolöshet genom att det fanns något annat meningsfullt på jobbet. Den här gången var det annorlunda. Nu kände jag att motivationen för själva jobbet var borta. Det vi gjorde på arbetet var helt meningslöst. Vi slösade oerhörda resurser för att bygga en pryl som egentligen inte behövdes. Det enda som kunde motivera mig var mitt team. Det var mitt ansvar att hjälpa dem och då kan jag inte bara skita i det. Jag kände dock tidigt att situationen var ohållbar. Jag stod inför två val, antingen lägga ner aktivismen och fokusera på att få tillbaka arbetsglädjen eller säga upp mig från jobbet. Innerst inne visste jag vilket val som var självklart för mig men beslutet var inte mitt och jag vågade inte ta upp vad jag kände i familjen. Jag kände en skam att jag inte klarade jobbet och jag ville inte tvinga på dem ett beslut som så drastiskt påverkade hela familjen. Det är enda gången jag har undanhållit dem från ett så viktigt beslut. Ett par månader försökte jag hålla skenet uppe genom att tvinga mig att göra det mest obligatoriska för att dölja att jag inte längre klarade av jobbet. Jag har aldrig varit bra på att ljuga eller dölja vad jag känner så en dag sa Nilla till mig:

"Du fixar inte jobbet, eller hur? Du skulle vilja säga upp dig istället?"

Det var en oerhörd lättnad att höra hennes fråga eftersom hon tog upp en situation som jag själv inte klarade att lyfta. Nu kunde vi tillsammans lösa situationen.

Jag svarade bara: "Ja, du vet att jag inte ljuga för dig. Jag tror faktiskt inte att jag klarar att jobba vidare längre."

Senare samma kväll hade vi ett familjemöte där vi gick igenom situationen och ekonomin och därefter tog vi ett gemensamt beslut att jag skulle säga upp mig och satsa på aktivismen på heltid. Ekonomin kommer säkert lösa sig på något sätt och det finns alltid möjlighet att ta ett jobb senare. Vi tar det ett år i taget, bestämde vi.

Morgonen därefter innan jag skulle gå in till min chef och säga upp mig kom en av mina anställda in till mig och sa:

"Pontus, jag måste säga en sak till dig. Du sköter inte ditt jobb."

Efter samtalet dagen innan med familjen blev jag inte förvånad av de redan hade upptäckt hur jag dolde mina brister, men jag blev glad och rörd att han vågade ta upp det med mig. Innan han hann fortsätta sa jag: Jag vet, jag skall precis gå in och säga upp mig."

Alla på jobbet kände till mitt engagemang för klimatet så det kom inte som någon stor överraskning. Dock kan jag fortfarande känna en stor tacksamhet och ödmjukhet till den kollegan som gick upp och med omtanke sa åt mig att jag inte skötte mina arbetsuppgifter. Den 8 mars 2021, på internationella kvinnodagen, började mitt liv som heltidsaktivist. Jag tänker ofta på det eftersom det nu är Nilla ensam som driver runt familjen ekonomiskt.

När jag beslutade mig att stoppa flygplan var det också ett familjebeslut. Familjen var involverad i arbetet. Första gången sydde Nilla en superhjältekostym, inklusive en mantel med XR-loggan, till aktivisten Lan som klistrade fast sig på nosen på planet och min äldsta dotter Hedvig följde med och fotograferade. Andra gången var Thea med utanför stängslet och tog bilder och informerade flygledningen efter att jag klättrat över till landningsbanan. Vi visste att det fanns en liten risk för fängelse men vi kände att det var värt det. Vi ansåg att vi som familj skulle klara att jag skulle sitta inne, om det inte blev för länge. Vi bestämde också att vi var tvungna att ta vissa risker annars händer ingenting, då följer man bara lydigt flocken mot stupet. Det gäller vilken aktion man än gör, oavsett om man målar med kalkfärg, stoppar trafik i stan eller gräver igen diken. Idag är rättsläget så osäkert och repressionen har ökat så att man aldrig med fullständig säkerhet kan säga vad som händer rättsligt efter en aktion. Det som bekymrar mig just nu är att vi aldrig fick tillfälle att prata om aktionen på Flymossen i familjen.

Historien är full av män som offrar familjen för det större goda, från de som satsar allt på karriären för att sedan ångra sig när ungarna är vuxna till de som ser fru och barn som en serviceinrättning för deras viktiga arbete. Jag är inte sådan, Nilla och tjejerna är en del av mig och därför är mina beslut lika mycket deras. Tvivlet som alltid är med mig när jag gör aktioner kan bara skingras genom en grundning i familjen. De är min stabila bas i tillvaron, både känslomässigt och som rationellt stöd i diskussioner. Så när jag går ut på motorvägen är jag inte ensam, tillsammans med mina vänner som fysiskt sitter bredvid mig är även döttrarna och Nilla. Jag har många gånger tänkt att det hade varit enklare att agera ensam. Då skulle jag inte tveka inför de fysiska riskerna eller fler fängelsestraff. Jag hade kunnat gå helt upp i kampen för vår överlevnad, men hur länge hade jag hållit? Jag vet att jag inte skulle klara att bara tänka på klimat och aktivism hela tiden, jag behöver en vardag med familjen. Jag vet också att jag ensam inte hade kunnat klara att ta alla dessa svåra beslut.

Ekonomiskt klarar vi oss än så länge bra trots att jag inte drar in en krona till hushållet. Den omställning vi gjort i familjen har den positiva bieffekten att vi sparar pengar. När man inte flyger runt hela världen eller köper en massa saker så minskar kostnaderna. Jag har hört samma berättelse från många av mina vänner i klimatrörelsen. Insikten om vårt ohållbara levnadssätt gör att man istället fokuserar på det som är viktigt och fint. Konsumtion ersätts av kreativitet och skapande, karriär ersätts med friheten av mer tid och status ersätts med sociala relationer. Man får en blick för att hitta det vackra i det lilla och livet blir rikare. Det som oroar mig mest i ekonomin är tryggheten. Om det händer något i familjen eller döttrarna exempelvis behöver pengar till insats till en lägenhet i starten på livet så är det skönt att ha en ekonomisk buffert. Jag tror dock jag kan skaffa ett jobb om det krävs. Jag har flera gånger tagit en fika med min headhunter Robert som har massor av idéer på vad vi kan göra. I fängelset fick jag även ett erbjudande från en gammal kollega om att bli R&D chef när jag kom ut.

Jag minns speciellt en komisk, men betryggande, händelse utanför Bergen i augusti 2021. Jag hade tillsammans med ett tiotal aktivister låst fast mig i rör för att blockera infarten till en av Norges största oljehamnar samtidigt som en annan grupp blockerade från sjösidan i en segelbåt. Plötsligt ringde min telefon som Regen, den grupp som hjälper aktivister som kan bli gripna, hade tagit hand om. Eftersom jag inte kunde ta luren med mina armar i rören höll hon upp luren vid mitt öra och jag svarade:

"Ja hej, det är Pontus."

"Hej Pontus! Det är Björn här", hördes i luren.

Jag kände igen rösten från en konsultchef jag hade lärt känna under min tid på Axis.

Jag svarade: "Hej Björn, kul att höra dig!"

"Detsamma, hur är det med dig nuförtiden?"

"Allt väl men jag har inte tid att snacka just nu. Jag är fastlåst vid grinden till en oljehamn utanför Bergen", svarade jag.

"Åh fan! Du håller på fortfarande", sa han.

"Jo, jag måste tyvärr."

"Jag skall hålla det kort. Jag har världens jobbmöjlighet som jag skulle vilja snacka med dig om. Kan vi inte ta en fika när du låst upp dig och är tillbaka i Lund?"

"Tyvärr, jag är just nu inte intresserad av något annat jobb. Men jag tar gärna en fika i alla fall", svarade jag.

"Du kanske ändrar dig och vill göra något annat? Hör av dig i vilket fall."

"Jag hör av mig senare, vi hörs."

Det gör vi, hej", avslutade han samtalet med.

Jag tänker på hur logiskt och rationellt man resonerar i näringslivet. Så länge man gör ett bra jobb så skiter folk i vilken hudfärg man har, om man är vegan eller vad man gör på sin fritid. De exempel när aktivister har råkat illa ut och blivit av med jobbet är samtliga från offentlig verksamhet. Det är så klart skillnad mellan olika branscher och bland ingenjörer finns det också strukturella problem men den unga IT-branschen är förvånansvärt öppen och inkluderande, vilket jag är mycket tacksam för. Mitt största finansiella problem är nog inte att jag inte kan få ett jobb utan om jag drabbas av stora skadestånd. Jag har talat med fredsaktivisten Per Herngren om detta många gånger, inte minst på retreaten "Hopp och Motstånd". Han är skuldsatt för resten av livet efter att ha fått miljonskadestånd från avrustning av kärnvapenmissiler, granatgevär, JAS-plan med mera. Han verkar leva ett jättebra liv i Hammarkullen i Göteborg och saknar inget materiellt, vilket inspirerar mig. Jag minns speciellt när han berättade att det första skadeståndet på 70 000:- var jobbigast eftersom det gick att betala tillbaka. När summorna var så stora att det var omöjligt att hantera så blev beslutet definitivt och skadeståndet obetydligt. Nu begär Neova 1,4 miljoner kronor, vilket blir runt 100 000:- per person och jag förstår precis vad Per menar. Det går att betala tillbaka.

Jag är idag inte beredd att skuldsätta mig för resten av livet men man vet aldrig vad som kan hända. Därför har vi, lite på skoj, pratat om att formellt skilja oss för att jag inte ska belasta hela familjen. Givetvis måste vi då ha en stor fest, samla alla vi känner till en ceremoni för skilsmässan där vi kanske backar fram till altaret, tar av oss våra ringar och byter ut dem till skilsmässringar. Det måste vara riktigt romantiskt någonstans i en bokskog med Nilla i vacker klänning, folk som håller tal och ett överflöd av vegansk mat och dricka. Vilken fest det hade blivit!

Jag ägnar kvällen till att göra vykort av pappersarken till Nilla, Thea, Sigrid och Hedvig. Försöker hitta individuella motiv till varje kort men det är svårt. Jag tror att min fantasi hämmas av att jag tänker på motiv som jag över huvud taget kan rita. De kommer skratta gott åt mina taffliga försök. Nu är jag i alla fall klar med framsidan och har skrivit några rader till var och en om att jag har det bra här inne och vad vi ska göra när jag kommer ut. Nu väntar jag bara på att få in lite frimärken.

Den konstruerade maktlösheten

Häktet Jönköping, tisdagen den 25:e juli

Jag vaknar vid 6-tiden och känner mig ganska vissen. Jag har fått en öroninflammation och det rinner från örat. Jag tar lite toapapper, gör rent och tänker att jag brukar drabbas av precis denna typ av inflammation i öronen när jag har haft en stressad situation. Då märker jag att det svider lite och kliar på det vänstra låret. När jag tittar ner ser jag den karakteristiska ringen. "Fan också", tänker jag. Det var ju typiskt att jag skulle få Borrelia av en av fästingarna. Jag minns att jag plockade några fästingar vid torvbrottet men jag tror inte de kommer från mossen utan från gräset vid vandrarhemmet på Store mosse. Jag tittar igenom mig själv men hittar varken några fler infekterade områden eller fästingar.

Jag läser klart Jurtjyrkogården innan morgonnyheterna startar. Nu vill jag ha lite faktaböcker så jag tar upp vykortet till Nilla och skriver längst ner: "p.s. Kan du skicka in några böcker? Jag skulle vilja ha Blueprint for revolution, Emot allmänna val, Mode & Motstånd och Avväpna människan". De tre första böckerna väljer jag, trots att jag läst dem förut, för att de ska ge mig en bred överblick som kan inspirera mig i mitt skrivande. Jonas Lundströms bok

"Avväpna människan" har jag bara börjat på men den verkar lovande och han brukar skriva intressanta böcker.

När jag går ut för att hämta frukosten säger jag till vakten: "Jag tror jag har Borrelia så jag skulle behöva träffa en läkare."

"Jag säger till i centralvakten så återkommer vi senare", svarar han.

Jag tar frukost från vagnen och ser plötsligt att de fylller på termosarna med varmvatten från städskrubben. Jag trodde att det var kokande vatten man fick i termosarna så jag bryr mig inte om att byta termos längre. Varmvatten har jag i kranen i cellen. Däremot plockar jag på mig några extra tepåsar.

När jag är klar frågar jag vakten: "Skulle jag kunna låna några böcker till? Jag har läst ut de jag har."

"Det kommer en bokvagn idag. Då kan du låna nya böcker", säger hon.

Jag tar min bricka och går tillbaka till cellen. Vanligtvis är jag inte så känslig med maten men nu känner jag mig nästan smutsig av den onyttiga frukosten av vitt bröd, marmelad och cornflakes. Jag sätter mig i sängen och dricker morgonkaffet framför nyheterna. Det är nästan bara gängkriminalitet och skjutningar. Märkligt att man blir kritiserad för alarmism och pessimism så fort man nämner klimatet men gatuvåld kan man kabla ut dag efter dag utan problem. Jag blir så trött på nyheterna att jag slår på radiokanalen för att lyssna på musik istället. Jag tänker på vakterna här inne, jag bedömer att de är i början på tjugoårsåldern till drygt trettio och det är hälften tjejer och killar. Jag undrar om det är någon av dem som är orolig för klimatet.

Rent statistiskt borde det finnas det men det finns inget sätt för mig att ta reda på. Jag har gjort klart och tydligt för dem att jag inte är intresserad av att diskutera med dem och om jag hade gjort det så tvivlar jag på att det hade lett någonstans. Jag tror de är skolade att inte vara för familjära mot de intagna och inställningen till klimatförändringarna blir snabbt både personligt och känslomässigt. Vi är tvingade att spela våra roller och det går inte att mötas. Under ett längre fängelsestraff hade det varit mycket intressant att prova att möta personalen och släppa våra roller för att se vad det leder till, men just nu klarar jag inte av det.

Det är lättare med polisen eftersom vi har så mycket interaktion både ute i fält och i förhören. Jag har många gånger sett poliser ändra sitt beteende mot oss efter att vi mötts. Det börjar med att de ser hur lugna och fredliga vi är vilket gör att de släpper garden. Oftast är både polisen och vi lyssnande och respektfulla i diskussionerna vilket är en förutsättning att kunna lyssna på varandra. När vi förklarar varför vi agerar tränger successivt medvetenheten om klimatförändringarna in hos den enskilde polisen. Vi visar i tal och handling att vi inte är några knäppskallar utan bara helt vanliga människor som är extremt oroliga och ledsna över den situation vi befinner oss i. Både på gatan eller i torvbrottet och i förhören finns tid att gå igenom klimatförändringarna och misslyckandet att hantera dem. Jag tänker att de är en yrkesgrupp i en mycket speciell situation. De inkluderas i ett klimatseminarium varje gång de agerar mot oss och i längden går det inte att hålla det ifrån sig. Många gånger vittnar deras ögon om att de har rört vid insikten att allt håller på att gå åt helvete. Ibland berättar de rent ut hur oroliga och uppgivna de är. Det vi fastnar på är metoderna. Man kan som polis inte uppmuntra till civil olydnad så de blir tvungna att föreslå alternativa metoder trots att vi alla vet att de inte fungerar längre. Systemet tvingar dem att agera och tycka inom den roll de innehar och det är därför diskussionerna avstannar med samma obesvarade fråga: "Vad ska vi göra istället?" Per Herngren berättade en historia från arabiska våren som visar på att poliser också är människor. Det hade varit demonstrationer på Tahrirtorget i Kairo som slagits ner mycket hårt. Protesterna fortsatte och demonstranterna bjöd polisen på kaffe och kakor trots vetskapen att många av deras vänner blivit torterade i cellen föregående kväll. Till slut vände det, polisen bytte sida och vägrade att gripa demonstranterna. Samma förändring hände under Gandhis saltmarsch där polisen inte längre kunde slå ner de människor som vandrade mot havet bara för att framställa sitt eget salt. Det går inte att fortsätta slå mot fredliga aktivister som med sanning kämpar för en rättvis sak. Just nu förhindrar underkastelsen till systemet en fortsättning på diskussionen mellan oss och polisen men jag är övertygad om att ett respektfullt bemötande och inkludering i längden kommer att lösa upp lydnaden även i polisleden.

Styrkan i det rådande systemet märkte jag tydligt när jag jobbade på Axis. Vi tillverkade övervakningskameror och jag var ansvarig över delar av mjukvaran. I teamet hade vi pratat om vilken miljö- och klimatpåverkan vi hade och med en lätt överslagsräkning såg vi att över produktens livslängd var det strömförbrukningen som var det överlägset största problemet. Efter att ha diskuterat med hållbarhetsgruppen på företaget insåg jag att de agerade helt utanför den dagliga verksamheten. Inga inflytelserika personer eller chefer var involverade i deras arbete och förslagen de kom med välkomnades men försvann snabbt i konkurrens med kostnadsbilden och nya innovationer. Det enda förslag hållbarhetsgruppen lyckades sälja in var att fasa ut plast med PCB från produkterna. Jag misstänker dock starkt att det förslaget kom från säljarna för att vi skulle uppfylla en specifik miljömärkning som efterfrågades av kunderna. Vi gjorde därför själva i teamet optimeringar i mjukvaran för att dra ner på belastningen av processorn och därmed elkonsumtionen. Men de marginaler vi skapade såldes snabbt in med ny funktionalitet av produktcheferna och strömförbrukningen maximerades igen. Det var svårt att klandra någon för att inte göra mer för klimatet på företaget. Vi agerade på en öppen och fri internationell marknad och överlevnad för bolaget föregår alltid alla klimat- och miljöhänsyn. Det är endast när det gynnar vinsten som man kan ta ett beslut i rätt riktning eller i de få fall då lagstiftningen sätter gränser. Försöker ett bolag vara olydig mot marknadskrafterna och gå sin egen väg så straffas det snart till konkurs.

På Axis fanns det många anställda som ville väl och såg hopplösheten i att kunna ändra något. När jag talat med chefer och anställda i andra bolag så träffar jag ofta på folk som är så lojala mot bolaget att de sväljer allt deras hållbarhetsrapport säger. Ju högre position de har desto mer tror de att de påverkar när de i själva verket inte har någon makt alls. Potentiell påverkan är skillnaden mellan vad man gör på en position och vad en godtycklig ersättare hade gjort. Om man inte kan peka på något bra man gjort som en annan chef inte hade gjort på samma jobb så har man ingen påverkan alls, oavsett hur högt i hierarkin man sitter. Det är här livslögnen och hyckleriet kommer in. Man vill gärna känna att man kan påverka och att man jobbar på det goda företaget. När man frågar om deras bolags klimat- och miljöpåverkan så svarar de ärligt: "Vi jobbar jättemycket med hållbarhetsfrågor." Att deras verksamhet har massiva utsläpp slätas över med att det finns bolag som är mycket värre och de har planer på att få ner utsläppen i framtiden. Men just nu är de förslagen inte lönsamma. Det verkar inte ha någon betydelse vilken bransch man tittar på, flygbolagen pekar på sin omfattande sopsortering i terminalerna och visar upp orealistiska prototyper på elflyg. Det Norska oljebolaget Equinor, före detta Statoil, har förutom att tvätta bort ordet olja från sitt namn satt solpaneler på borrplattformarna för att framstå som det mest klimatvänliga oljebolaget i världen. Jag vet att beslut tas både av ren okunskap om konsekvenserna av klimatförändringarna såväl som egoistisk girighet men många låter bli att agera eller tar beslut i fel riktning endast för att de inte kan göra något annat. Handlingsutrymmet är så begränsat att man från enskilda chefers handlande inte kan avgöra vilka motiv som egentligen driver dem. Förutom små korrigeringar på vägen är företagen alltså bokstavligt talat utom kontroll. Av alla maktpelare tror jag näringslivet är svårast att påverka eftersom de optimerar utifrån de förutsättningar som är dem givna och låtsas att de inte har någon moralisk skyldighet till något utöver att följa lagen. Vi har alltså skapat en gigantisk maskin som eldar på sig själv mot undergången. Kanske är detta orsaken till att olika vänstergrupper skanderar "Krossa kapitalismen"? Idag vet jag inte ens vad det uttrycket betyder men jag vet i alla fall att vi måste få till en systemförändring och det kan man aldrig få till genom att spela spelet inom det privata näringslivet.

Låset rasslar till och dörren öppnas. "Vill du låna en bok", frågar vakten.

"Ja gärna", svarar jag.

Jag plockar upp mina lästa böcker och räcker över dem till vakten. Vagnen har tre rader av bokhyllor på vardera sidan och jag börjar läsa på ryggarna. Jag fastnar vid "Krigets konst", en bok jag minns från min tid när jag pluggade historia. Vad jag minns är boken flera tusen år gammal, skriven av en general. Jag plockar åt mig den eftersom boken är en klassiker och jag är nyfiken över hur språket är. Sittandes på huk ögnar jag igenom en massa kriminalare som inte intresserar mig. Det finns en del självhjälpsböcker som jag också hoppar över. Till sist tar jag Timbuktus "En droppe midnatt". Egentligen borde jag ta en bok till men hittar ingen som intresserar mig. Jag tackar kort och går in i cellen med mina böcker och vakten stänger dörren bakom mig.

Jag sätter mig i sängen och börjar läsa "Krigets konst". Den är mycket sakligt skriven nästan som en manual i krigskonst. Exempel på försörjningslinjer, hur terrängtyper ger olika fördelar och vikten av planering. Det är ingen skönlitterär bok men jag fascineras ändå av det enkla avskalade språket. Jag får en känsla av att spela datorspelet Civilization, hur man optimerar mot vinst innanför spelets ramar. Det finns inget utrymme till förändring, bara att vara bäst i att vinna. Denna krigskonst har under århundraden finslipats och utvecklats i takt med den teknologiska utvecklingen. Kejsaren bestämmer vem som ska besegras och varför och därefter utför man uppgiften så effektivt som möjligt. Rebellen i mig tänker direkt på hur man kan bryta mot reglerna, men då måste man spela ett annat spel där syftet och målen är andra.

Luckan i dörren öppnas och en vakt säger: "Du skall till läkaren nu." Därefter låses dörren upp och öppnas. Jag lägger ner boken och följer med ut i korridoren. Jag leds in i ett undersökningsrum där en läkare i vit rock tar emot mig. Jag visar märket på låret och han konstaterar snabbt att det troligtvis är Borrelia. Jag säger inget om mitt öra fast det värker. Pillren borde ju ta infektionen där också.

"Jag skriver ut penicillin till dig. Du skall ta ett piller tre gånger om dagen i tio dagar.", säger han.

"Okej", svarar jag.

"Jag ger dig en dos nu så kommer vakterna senare ge dig ett piller i samband med måltiderna."

Jag sväljer pillret och sköljer ner med en mugg vatten.

När jag åter är i cellen kommer jag på att jag missat dagens match. Jag slår på TV'n men matchen är nästan slut. Strunt samma, tänker jag och fortsätter läsa i boken. Mina tankar återgår till kejsaren, vår tids politiker. De har inte heller möjlighet att ändra systemet. De paradigm som styr deras verksamhet är inte anpassade för en revolutionär situation, när allt sätts på sin spets. De måste spela med för att vinna nästa val. I deras regler är makten överordnad allt annat eftersom utan parlamentarisk position har de inget inflytande. På samma sätt som en krigsherre ska besegra sin fiende måste den egna alliansen vinna över motståndaren först. Innehållet i politiken blir sekundärt och retoriken har endast ett enda syfte, att taktiskt slå motståndaren. Man behöver inte vara bäst, bara bättre än motståndaren, och det går snabbare att triangulera sig fram till en existerande opinion än att driva en fråga som är viktig. Jag tänker tillbaks på de politiker jag pratat med som förstår hur illa och akut läget är. Lokalpolitikerna som är begränsade till småbeslut i kommunen, som var en cykelbana ska byggas. Så fort det blir ett större beslut som att anlägga en ny motorväg eller tillstånd för torvbrytning så ligger beslutet utanför deras ansvarsområde. Länsstyrelserna följer endast riktlinjer från domstolar och statlig reglering och har inget mandat att tycka någonting. På högsta nivå exemplifieras skillnaden mellan partierna i den politiska ideologin men den är bara illusorisk eftersom alla styrs av samma system. Det är därför Socialdemokraterna tafatt försöker närma sig en klimatomställning med gigantiska industriella satsningar, som de alltid gjort, med batterifabriker och fossilfritt stål. Det är därför Liberalerna och Moderaterna lägger sitt hopp till en framtida teknikoptimism och med ryggmärgsreflex skjuter över hoppet till ett handlingsförlamat näringsliv. Miljöpartiet och Vänstern, som också omfamnar den materiella tillväxten med ohämmad konsumism, klamrar sig fast vid hoppet om ett socialt och miljömässigt uppvaknande som redan har dött i de politiska skyttegravar de själva grävt. Inte undra på att alla politiker jag träffat känner sig så vanmäktiga och kraftlösa, helt utan inflytande. Vi har skapat ett system av maktlöshet på alla nivåer och alla sektorer, ett maskineri utom kontroll som drivs av mer prylar, mer utnyttjande av naturen och mer exploatering av medborgarna.

Dags för kvällsmat. Jag är inte längre sugen på någonting speciellt. Maten är till för att mätta och jag tänker inte ens på vad jag brukar laga där hemma. Det blir ris, falafel och någon typ av tomatsås. Jag tar lite extra knäckebröd för att ha lite snacks om jag blir hungrig senare på kvällen. Innan jag går tillbaks till min cell så kommer jag ihåg medicinen och säger:

"Ni har penicillin som jag ska ta nu."

"Just det, vänta lite", svarar en av vakterna och går iväg.

Efter en stund kommer hon tillbaka med burken i handen. Jag får ett piller och en liten pappersmugg med vatten.

"Jag måste se när du tar pillret", säger hon.

Jag sväljer pillret med vattnet och lämnar över koppen.

Tillbaks i cellen tänker jag tillbaka på de gånger jag jobbat i företag som antingen lagts ner eller gått i konkurs. Det börjar med att försäljningen sviktar. Säljarna och produktcheferna sätter sin tillit till nästa version av produkten som kommer öppna nya marknader, sänka priset eller möta konkurrensen med ny funktionalitet. Ingenjörerna är inte drivna av att tjäna pengar. De sitter koncentrerat vid sina skärmar och fokuserar på tekniska detaljer, som när ett barn bygger en legoborg eller när man försöker få den röda biten att passa i ett pussel. När nästa version av produkten inte heller infriar förväntningarna så förstärker man kassan med nyemissioner eller lån för att hålla verksamheten rullande. Alla vet vid det här laget vart det barkar men ingen vågar tänka tanken. Av lojalitet och rädsla klamrar man sig fast vid de tomma hopp som presenteras. Det tydligaste tecknet på haveriet är när VD'n slutar, men företagsledningen har bra förklaringar i bakfickan för att inte skapa oro. Det är inte förrän man sitter med uppsägningsbeskedet i handen som det öppet pratas om att skutan går under. Det märkliga är att det då inträffar ett lugn i bolaget. Folk slutar jobba och sitter bara av den sista tiden. Kafferasterna blir längre och man kan börja tänka igen. Pressen att hålla båten flytande är borta, haveriet var oundvikligt. Man börjar se sina medarbetare som människor och diskussionerna handlar om vad som är viktigt i livet.

Jag zappar mellan kanalerna trots att jag bestämt mig för att inte göra det. Det finns något i behovet av att matas av den normala bilden av samhället, en sorts meningslöshet som är avstressande. Jag tror det handlar om att passa in, att kopiera den rådande normen som en illusorisk vilopaus. Jag växlar mellan ett program om bärgning av lastbilar i Alaska och guldgrävning i Australien trots att jag vet att jag snart kommer bli äcklad av det. Däremot står jag inte alls ut med de glättiga uppmanande reklampauserna så jag tystar TV'n och tittar in i väggen istället vilket gör att jag missar när programmet börjar igen. "Det gör inget", tänker jag. Det finns ingen handling att följa, bara ett konstant flöde av bekräftande händelser i bildflödet. Efter ett tag är jag tillräckligt trött för att kunna somna. Jag stänger TV'n och släcker lampan. Det sista jag tänker är att samhällssystemet redan har gått i konkurs, vi är bara inte medvetna om det än.

Strategi

Häktet Jönköping, onsdagen den 26:e juli

Jag vaknar tidigt igen, vid sextiden. Ibland avundas jag de som kan ligga kvar i sängen och dra sig. Nuförtiden blir jag ofta rastlös direkt när jag vaknar och måste gå upp. Jag tar på mig kläderna och sätter mig vid skrivbordet med mina papper. Om jag hade fått önska en sak just nu så är det att kunna sätta på en kopp kaffe på morgonen. Hemma startar jag alltid dagen med en stor kanna kaffe och sedan jobbar jag till lunch innan jag äter. Nu kommer frukosten vid åtta vilket är för sent för morgonkaffe och för tidigt för mat. "Har jag inte mer problem än morgonkaffet så har jag det riktigt bra", tänker jag med ett leende och lagar mig en kopp te med varmvatten från kranen i vasken.

Jag börjar med att fundera lite runt vision och övergripande mål, mest för att få en överblick och inspiration till att börja skriva. Jag försöker komma ihåg visionen i Återställ Våtmarker. Det handlar om att vi vill skapa en hållbar värld där vi alla tillsammans bestämmer över vår framtid. Jag minns att det var något om att själva ta hand om vår överlevnad, inte be politikerna, och att det måste ske genom fördjupad demokrati. Jag skriver ner det jag minns av vår vision: "Att skapa en värld där folket styr och lever i harmoni med naturen". Helt enkelt, eller som Rebellmammorna sjunger: "Vi vill ha en levande värld, en framtid för barnen..." Vem vill inte ha det? Komplicerade visioner är till för folk som har en egen syn på ett framtida samhälle, där de måste positionera sig emot andra grupper. Det är därför de politiska ideologierna finns. Den annalkande samhällskollapsen omfattar allt, den kommer drabba alla oavsett om man är rik eller fattig. Visst finns det grupper och länder där klimatförändringarna kommer att slå först och hårdast. Det finns en ofantlig orättvisa i spåren av klimatförändringarna. Jag kan bli vansinnig över den egoism som folk visar när man söker den bekväma tryggheten i att Sverige just nu klarar sig relativt lindrigt undan samtidigt som hela länder bokstavligt talat hotas av att utplånas från jordens yta. Men ingen undslipper konsekvenserna av klimatförändringarna i längden. Det är därför klimatfrågan är bortom värderingar och visionen blir existentiell - för att vi alla ska överleva.

Vid frukosten får jag reda på att jag måste dela cell med en annan fånge. Än en gång störs min vardag och jag måste lägga energi på annat. I fängelset delade jag cell med sammanlagt tre andra fångar under den period jag satt inne. Det gäller att visa respekt för varandra, dela upp hyllorna rättvist, ha regler för TV'n och vara noggrann med städning och allmän ordning och reda. Min privata sfär begränsades till sängen, allt annat var gemensamt. Det var inga problem för mig eftersom jag gärna sitter i sängen när jag skriver eller läser och jag hade även lyckats få in en radio med hörlurar som gjorde att jag kunde isolera mig när jag ville. Det jobbigaste var ovissheten om vem man skulle dela cell med. Värst är personer med abstinens eller ångest. På dagarna kan de vara hur lugna och trevliga som helst men på nätterna väcks de mörka tankarna och stökar de rastlöst och oroligt runt. Jag tror dock vakterna prioriterar ensamcellerna till just dem. Jag slår på TV'n för att se förmiddagsmatchen mellan Kanada och Irland, Sverige spelar inte förrän på lördag. Samtidigt som jag vänjer mig vid tankarna runt att få fungerande rutiner i den nya cellen så kommer jag på att de glömde att ge mig min medicin. Jag går fram till klockan och ringer.

"Ja, centralvakten", svarar en röst.

"Ni glömde ge mig min medicin", svarar jag.

"Vi kommer med den, med detsamma", svarar vakten.

Jag sätter mig på stolen och följer matchen medan jag väntar. Luckan öppnas och en vakt säger: "Här har jag din antibiotika."

Jag tar pillret och går bort för att sätta mig på stolen igen. Då säger vakten: "Jag måste se när du sväljer det."

Jag känner mig som Jack Nicholson i Gökboet, och svarar lite irriterat: "Det var ju jag som kom på att ni inte gett mig medicinen. Vad tror ni jag kommer göra? Slänga pillret efter jag bett om det?"

"Nej, men vi måste ändå se till att du tar det", svarar vakten.

Jag fyller mitt plastglas med vatten, tar pillret i munnen. Men istället för att svälja lägger jag det under tungan och dricker lite.

"Tack", säger vakten och stänger luckan.

När jag är ensam tar jag en ny klunk med vatten och sväljer pillret. Lite barnsligt men ganska kul, tänker jag medan jag lägger mig i sängen för att se slutet av fotbollen med mina anteckningar bredvid mig. Matchen utvecklade sig till ett segt ställningskrig och jag har svårt att engagera mig. Mina tankar vandrar istället iväg till strategiarbetet i de bolag jag jobbat i.

Inom programmering hade den snabba IT-utvecklingen fram till slutet av 90 talet gjort att systemen var så komplicerade att de inte gick att bygga med traditionella projektmetoder. Projektplanerna blev bara mer och mer omfattande och ändå överskreds tiden med det mångdubbla och inte sällan stod man med en produkt som var felkonstruerad och full med buggar. Lösningen var att göra tvärtom, en översiktsplan på en sida och sedan fokusera på korta iterationer i utvecklingsarbetet som man prövar mot verkligheten. Jag tror vi måste använda precis samma metod när det handlar om klimatet. För mig räcker det med att vi enas om att vi behöver en systemförändring för att rädda allt vi bryr oss om och sen bara sätta igång med arbetet. Övergripande mål och grundläggande strategier har bara syftet att se till att vi vill åt någorlunda samma håll samt för att skapa ett hopp, en väg som åtminstone har möjligheten att få till en förändring. Därefter bör man gå ut och experimentera, ta fram hypoteser och pröva dem i verkligheten. Ingen förändrar samhället genom att sitta på sin kammare och tänka, man måste ut och göra många och radikala aktioner för att se hur samhället och omgivningen reagerar. Därefter utvärderar man, lär sig, omvärderar strategier och taktik och går ut igen.

Jag minns när vi prövade ett nytt grepp under devisen "Återställ Kollektivtrafiken". Priset på SL kortet hade höjts ännu en gång och nu var folk riktigt förbannade. Under årtionden hade priset på bensin ökat mindre än priset på kollektivtrafik och samtidigt var underhållet så eftersatt att det dagligen var stora förseningar i pendeltåg och tunnelbana. Vi hade pratat med rörelsen "Planka.nu" och andra organisationer och de bekräftade att det fanns en möjlighet till att få folk att agera. Vi satte upp hypoteser och mål runt mobilisering och gick ut i tunnelbana och på pendeltåg för att underlätta plankning, varje dag i en hel månad. Vi använde olika metoder att binda upp spärrarna med snören, tejp, kilar och vi hade med oss banderoller och flygblad för att mobilisera på plats. Det var ett otroligt ansträngande arbete med konfrontation med polis och väktare flera gånger varje dag. Men vi fick också mycket kärlek från resenärerna där i princip varenda en var positiv till våra aktioner. Jag minns speciellt vid T-centralen när en dam i 65-årsåldern plötsligt kom fram, gav mig en stor kram och sa: "Det är verkligen på tiden att någon gör något. All kärlek till er", innan hon försvann ner i rulltrappan. Jag tror vi fick ett tjugotal olika brottsmisstankar från bedrägligt beteende, försök till snyltning till allvarligare som egenmäktigt förfarande och sabotage. Trots att aktionen var lyckad i mötet med polis, väktare och alla underbara samtal med resenärerna uppfyllde vi inte våra mål och vi fick inte den tillströmning vi hade hoppats på. Folk var arga över biljettpriserna och sympatiserade med vad vi gjorde men de var inte tillräckligt motiverade för att själva agera. Vi hade misslyckats men vi hade lärt oss en massa nytt, framförallt att folk ännu inte är tillräckligt rädda eller förbannade för ett folkligt uppror

Låset rasslar till och dörren öppnas.

"Nu är det dags att flytta. Du kommer bo med en du känner", säger vakten.

Jag svarar kortfattat: "Okej" och döljer hur lättad jag är. Jag kommer få bo med en av mina vänner och slipper oroa mig för hur min cellkamrat ska agera i olika situationer.

Jag samlar ihop mina saker och säger: "Jag är klar."

Vi går genom korridoren och stannar framför en dörr, "Inga restriktioner" och "Vegan" står det på tavlan utanför. Vårt tecken på att det är en kollega innanför dörren. När dörren öppnas står Rickard och välkomnar mig med sitt vänliga glada leende. Vi kramar om varandra och jag säger glatt:

"Bättre sambo kan man inte önska sig."

"Nu jäklar skall här konspireras", säger Rickard glatt och blinkar mot vakten.

Cellen är precis samma som min gamla förutom att det är en våningssäng.

Rickard säger: "Ludde hade överslafen men jag bryr mig inte var jag sover. Välj du var du vill ligga."

"Var är Ludde?"

"De släppte honom idag."

"Vad märkligt! Varför då?" undrar jag.

"Jag vet inte. De sa bara att han skulle packa ihop sina saker för han skulle släppas. Det var för ett par timmar sen"

"Vi kanske har gjort lite värre saker eller så har de ont om plats."

188

"De beter sig alltid så himla konstigt så det är ingen mening att gissa", säger Rickard och rycker på axlarna.

Jag tar för enkelhets skull den övre sängen. Jag placerar ut mina toalettsaker och bäddar sängen med nya lakan. När jag ligger på magen kan jag titta ut genom persiennerna. Utsikten är den bästa jag någonsin haft i en cell. Det är en stor gata som går ner till en korsning som ser ut som ett litet torg. På höger sida är det en uteservering och mitt på torget är det en busshållplats. Det promenerar folk på båda sidor av gatan och i bakgrunden kan man ana Vättern. Jag blir glad över att jag kan ligga och titta på folklivet men också lite orolig att få en inblick i livet utanför. Jag vill inte påminnas hur det är att gå på en lunchpromenad fritt i stan eller att ta en öl på uteserveringen en varm sommarkväll. När jag är inlåst vill jag hålla mig till den verklighet som innesluter mig här och nu. Jag vänder mig om, sätter mig upp och lägger brickan med mina anteckningar i knät. Jag försöker sammanfatta vårt motstånd här i sängen.

Vintern 2021-2022

Mina vänner Helen och Alfred lämnade under vintern arbetet i Extinction Rebellion för att skapa något nytt. Jag tror den utlösande faktorn var svårigheten att planera stora radikala aktioner i XR och att delar av rörelsen inte gjorde motstånd på den nivå som behövdes. De satt i månader och studerade de moderna motståndsrörelserna, filade på en ny mer effektiv organisation och beslutsprocess samt diskuterade nya metoder med aktivister ute i Europa. I England hade flera initiativ skapats för att vitalisera och förnya den radikala klimataktivismen, som med initiativen Burning Pink och Insulate Britain. Det skapades ett nytt europeiskt samarbete som skulle lanseras i april -22, därav det lite fantasilösa namnet A22 Network. Kampanjer med nu välkända namn som Just Stop Oil och Letzte Generation kopplades till nätverket. I Sverige startade Återställ Våtmarker. Jag följde bara deras arbete på avstånd eftersom jag var utmattad från hösten och vinterns flygaktioner och jag var även tillsammans med Elvin djupt involverad i planeringen av Extinction Rebellions stora aktion i Stockholm, Fossilupproret. Den skulle också pågå under samma tid som lanseringen av A22 Network och jag kunde inte släppa mitt åtagande. Under april startade alla kampanjer i Europa, med Återställ Våtmarker här i Sverige, genom att en liten grupp gick ut på motorvägen i rusningstrafik för att stoppa trafiken. Det ryser fortfarande i kroppen när jag tänker på det. Jag förstod inte ens hur det skulle vara möjligt att blockera en motorväg och nu gick endast sju personer rakt ut i rusningstrafiken och satte sig framför bilarna. Mod handlar om att övervinna sin rädsla och där vid vägkanten innan de steg ut i trafiken fanns det mycket att vara rädd för, att bli överkörd, att utmana hela samhället utan att veta vilken reaktion det kommer ge och att inte ha kontroll över de juridiska konsekvenserna. Där visade den första lilla gruppen i Återställ Våtmarker vad det innebär att vara människa, att ta det moraliska ansvaret av vad man vet och agera för något som är större än en själv. Det inspirerade mig att senare också sitta på en motorväg. Förutom att störningen blev mycket större än trafikblockader inne i stan så var det ett tydligt brott mot tanken att aktioner måste vara kopplade till det man vill uppnå. Ingen av kampanjerna i A22 Network hade krav som var kopplade till biltrafik eller motorvägar och för Återställ Våtmarker blev det extra tydligt. Våtmarker är så långt från en trafikerad huvudled i storstaden som man kan komma, det gick inte av misstag tro att det fanns något samband. Avsaknaden av logiken mellan val av metod och våtmarker fick folk att tänka efter. Är man bara tillräckligt störande och ihärdig så kommer folk att vilja förstå. Det blev som en välkänd "hemlighet" som man kan få reda på om man bara frågar och lyssnar. Svaret är så klart att det inte finns någon koppling, men att läget är så allvarligt att vi kommer fortsätta störa och jävlas tills det händer någonting.

I Återställ Våtmarker var det klart redan från början att det inte går att lita på att politikerna gör den nödvändiga omställningen och därför var fördjupad demokrati med medborgarråd och folkråd ett viktigt grundläggande mål. Eftersom en reviderad demokrati är ett för stort mål sattes ett krav som var möjligt att uppnå på kortare tid. Helen och Alfred valde att återställa våtmarker eftersom det är den enklaste, snabbaste och billigaste åtgärden att få ner utsläpp av växthusgaser i Sverige. Våtmarker läcker lika mycket koldioxid som hela svenska biltrafiken och att plugga igen diken är enkelt och billigt. Kravet var satt för att medföra ett dilemma för regeringen. Om de bestämmer sig för att återställa våtmarkerna så vinner vi. Vi visar att några få dedikerade människor genom fredligt civilt motstånd faktiskt kan påverka vilket ingjuter hopp. Om de inte återställer de utdikade våtmarkerna så visar de på sin egen oförmåga att rädda sin befolkning från en klimatkollaps. Om de inte ens kan göra det enklaste, vad klarar de då av

Samma vår, efter Fossilupproret, bestämde jag mig för att engagera mig mer i Återställ Våtmarker trots att jag var mitt inne i valkampanjen med Klimatalliansen. Genom att vi dag efter dag gick ut på motorvägarna runt Stockholm skapades så mycket störningar att de nationella medierna inte kunde undvika att skriva om aktionerna. Blockaderna kompletterades av mediala aktioner. Att i direktsändning ta över medieutrymme med en banderoll på scener som Allsång på Skansen, Melodifestivalen, sportarenor och kasta färg på tavlor lyftes frågan om våtmarker i hela Sverige.

Mailet till regeringskansliet med kravet om att återställa våtmarker var mer som ett skådespel som måste spelas upp. Det fanns inga förväntningar på att de skulle svara. Det finns inget de kan vinna genom att börja diskutera eller förhandla med oss, med tanke på det dilemma vi skapat för dem. Så vi fokuserade istället på att utbilda svenska folket om kopplingen mellan torrlagda våtmarker och klimatförändringarna och skapa opinion runt vårt krav. Genom de uppseendeväckande aktionerna och den kraftiga störning som blockaderna innebar skapades ett omfattande medialt utrymme i frågan och diskussioner startade överallt i samhället.

När vi efter nästan ett år kontaktade politikerna igen, stärkta med den massiva opinion vi skapat för att återställa våtmarker, så möttes vi av samma totala tystnad som förut. Men denna gång visste vi att de var mer oroliga, debatten om våtmarker var stark i medier och opinionen hade svängt. Det var då vi bestämde oss för att om inte våra politiker vill göra jobbet så får vi göra det själva. Vi bestämde oss för att åka ut i torvbrotten och återställa dem till levande våtmarker. Med vetskapen att det vi gör är rätt och att vi har det svenska folket bakom oss säkrar vi en kolsänka och återskapar en levande miljö med stort biologiskt mångfald samtidigt som vi förhindrar en destruktiv förlegad industri.

Vi är nu vid vägs ände, berättelsen har spelats upp. Vi sitter inlåsta för att vi proppade igen diken i Bredaryd, för att vi gör det enklaste våra politiker borde gjort för länge sedan. Det parlamentariska systemet har i praktiken visat sitt misslyckande och det blir tydligt att politikerna har gjort sig överflödiga. Det finns inget vi kan berätta för dem som de inte redan vet och det finns inget vi kan be dem om som de har möjlighet att förändra. Vårt hopp nu är att göra det själva, så kravet omvandlas till ett mål. Med fredliga demokratiska medel bygger vi en motståndsrörelse som kan göra jobbet. Vi måste skapa våra egna församlingar där det finns tid att mötas på riktigt och som bygger på respekt, inkludering och rationalitet baserad på vetenskap och vi måste inte minst sätta igång med att konkret bygga vår framtid själva. Här och nu med en spade i handen. Jag skriver ner "Vi är demokrati" på pappret.

Häktet Jönköping, onsdagen den 26:e juli

Jag blir avbruten av Rickard som sträcker sig ut från sängen nedanför och frågar: "Jag tänkte gymma lite idag, vill du hänga med?"

"Ja, varför inte? Men det hade varit skönt med en dusch efteråt i så fall", svarar jag.

"Jag har redan frågat så det är fixat. De lovade att det skulle finnas tid senare idag. Vad är det du skriver förresten?"

"Här", säger jag och räcker ner det senaste bladet till om strategier till Rickard.

Han kollar igenom mina anteckningar och säger: "Jag behöver själv ingen mer förklaring. Allt är helt jävla fucked up, allt är redan sagt. Vi borde vara tusentals i varenda torvbrott över hela Sverige."

"Ja, ibland känner jag att jag försöker förklara något som alla redan vet", svarar jag.

"Jag har aldrig mått så bra som när jag var där ute och grävde. Jag njöt av varenda spadtag. Det kändes till och med bättre än motorvägarna. Här återställer vi faktiskt mossen och stoppar förödelsen direkt", säger Rickard.

"Det behöver inte vara svårare än så", säger jag och tänker efter. Det finns något att ta fasta på där.

"Eller förresten, du vet att jag gillar motorvägarna också", säger han med ett leende och fortsätter: "De är också direkta men där kände jag mer att jag satte mig upp mot hela skitsamhället. I torvbrottet räddade vi och skapade liv mitt i den sterila förstörda mossen. Det är annorlunda."

"Jag vet, du är ju Mr. Motorväg", skrattar jag till och fortsätter: "Båda behövs. Jag gillar också mycket att vara ute i torvbrotten men det ger inte så mycket uppmärksamhet i media. Ingen verkar bry sig förutom polisen och Neova", säger jag.

"Nej, kanske inte. Men jag tror den där förmannen jag pratade med lyssnade på oss. Vi hade ett jättebra samtal borta vid torvlagret."

Jag ligger och tänker på vårt samtal och det jag skrivit om strategi här inne. När jag funderar på det så inser jag att strategier oftast är överskattade. Det är klart man behöver en plan som man tror på och ibland kan man fastna i handlingar som inte leder någon vart. Men man kan också fastna i ett teoretiserande som gör att man inte agerar. Jag är helt säker på att Rickard är mycket mer övertygande om han går ut och ber oss följa med ut på motorvägen bara för att han är så förbannad och less på hela skiten än om jag hade kört något akademiskt resonemang om effekt och påverkan. Om man skall få med sig folk kan det inte vara för komplicerat. Vem pallar läsa en bok om maktstrukturer, radical flank effekter eller kopplingar mellan klimatkatastrofen och historisk kolonialism när man skall göra något som kan förändra hela ens liv? Jag tror att förståelsen att allt håller på att gå åt helvete sakta men säkert kryper in under skinnet på folk och den insikten skapar känslor som får en att till slut agera. När man sedan väljer hur man agerar måste man ha något att tro på. Något som har potential att förändra, en plan som i stora drag visar den väg vi måste ta. Jag har själv läst massor av böcker om politisk teori, sociala rörelser, demokrati och revolutioner och använder dem som inspiration och bakgrund till bedömning av olika möjliga strategier. Många gånger blir jag dock så trött på alla hypoteser och modeller att jag bara kör på det mina vänner säger. Vi har alla samma bild av situationen, vi vill samma sak och jag är inte smartare än vad de är, så låt oss bara sätta igång. Det enda vi vet är att om vi lyckas så förändras situationen och vi måste revidera våra strategier, så låt oss bara pröva.

Dörren låses upp och öppnas. I dörröppningen står en vakt som säger med ett leende: "Jag har lite post med mig till er."

Vi reser oss båda upp och tar emot breven som hon räcker över. Jag får fyra stycken kuvert och Rickard tar emot ett liknande antal.

"Tack, det här har jag sett fram emot", säger Rickard.

"Ja, det var mycket post på en dag", säger vakten.

"Förresten, när får vi gymma?" säger Rickard.

"Det går tyvärr inte idag. Vi har för mycket att göra."

"Men ni lovade ju. Jag har heller inte duschat på flera dagar", säger Rickard.

"Vi lovar aldrig någonting, det är i mån av tid."

"Men då får du se till att vi får möjlighet imorgon", säger jag.

"Jag skall framföra det", säger hon och stänger dörren.

Jag ser att breven är från Annelie, Anna och Isabelle och ett från Göta hovrätt. Jag väljer att ta de dåliga nyheterna först och river upp kuvertet. Jag letar mig snabbt fram till det viktigaste: "BESLUT Hovrätten avslår yrkandet om att upphäva häktningsbeslutet", står det. Sen står det att Charlotte får betalt av staten för kostnaden i hovrätten. Avslaget var väntat men det understryker hur allvarligt rättsväsendet ser på våra handlingar. Jag får ännu en gång en aning om att jag kommer sitta mycket länge.

"Kolla här, jag fick avslag i hovrätten", säger jag till Rickard och visar upp beslutet.

"Får se", säger han och tittar igenom pappret.

"Jag struntade själv i att överklaga. Orkade inte bråka om det."

"Nej, det var ju rätt poänglöst. De bestämmer hur länge vi får sitta. Det är inget vi kan påverka."

"Bara att göra det bästa av det", säger Rickard. "Vi har det ganska bra, eller hur?"

Ja, just nu funkar allt bra och det går ju bra för damerna i fotbollen också", säger jag och ler.

Vi lägger oss därefter i våra sängar och läser tyst igenom våra brev. Att få brev när man är inlåst betyder oerhört mycket. När man är isolerad kan man ibland känna sig bortglömd, att man är i statens våld utan att någon bryr sig. Just nu känns det värre eftersom vi inte vet hur länge vi ska sitta. Som om vi kommer sitta här för alltid om ingen bryr sig, vilket givetvis inte är fallet. Det är klart man vet att man har stöd från alla vänner och aktivister i Sverige men det blir inte konkret förrän man får ett brev i handen. Som aktivist är man ofta bortskämd med massor av brev och vykort. Jag minns i fängelset då jag fick brev varje dag. Till sist hade jag så många brev att det blev en brandfara och jag fick lägga dem i det yttre förvaringsskåpet. Jag tänker tillbaka med sorg på de intagna som aldrig fick ett brev eller telefonsamtal från någon på utsidan. Det måste ha varit fruktansvärt. Jag försökte vara lite extra snäll och vänlig mot dem jag misstänkte inte hade någon kontakt utifrån.

Jag börjar med Annas brev. Kära Anna som alltid är fastlåst eller fastlimmad trots att hon är pensionär. Hon brukar prata om hur viktigt det är att vi tar hand om varandra och är oftast en av de första som skickar brev. Förutom det personliga brevet skickade hon med utskriften från Återställ Våtmarkers arrestsupport. Den börjar med rubriken "Grattis, du har blivit häktad" och följer med massor av tips från hur man skall tänka för att göra tiden lättare till hur man kan underhålla sig i en cell med yogaövningar och egentillverkade pappersspel.

Nästa brev är från Isabelle, en god vän och pensionär från Uppsala med världens största hjärta. Hon har själv suttit anhållen efter en motorvägsblockad så hon vet vad hon ska skriva för att uppmuntra. De skall visst ha en stöddemonstration för oss häktade i Stockholm vilket gör mig både rörd och tacksam.

Sista brevet är från Annelie som jobbar med arrestsupporten. Hon skickar ett personligt brev till alla häktade och alla får ett djur som klistermärke. Jag får en snäll och gullig flodhäst. Bifogat finns också en massa artiklar om aktionen och vad som händer i klimatkampen. Det är precis vad man vill veta när man är isolerad. Jag ser att aktionen fått mer spridning än jag trodde. Expressen och Aftonbladet har skrivit om häktningarna. Sen läser jag att Greta Thunberg dömdes till 30 dagsböter i Malmö. Samma dag gick hon ut och blockerade tankbilar igen tillsammans med ungdomsorganisationen "Ta Tillbaka Framtiden". Vilken styrka! Precis samma beslutsamhet att man aldrig ger sig, som när Viktor och Nea i Återställ Våtmarker släpptes från häktet förra året. De höll en snabb presskonferens och gick direkt ut på motorvägen igen. Det är en av våra strategier, att visa att vi aldrig backar om vi vet att vi har rätt. Om man retirerar vid hårdare repression eller tuffa artiklar i tidningarna så visar man antingen att man tvekar eller att påtryckningar fungerar för att vi ska ge oss. Det är klart man skall vara ödmjuk och tveksam men har man väl bestämt sig och man känner att man fortfarande har rätt så kan man inte vika ner sig.

Jag tänker tillbaka på de gånger vi tagit taktiska och strategiska beslut mitt under de veckor vi har aktioner. Det har ibland varit stentuffa beslut i stressade situationer som påverkar många människor, som när vi gick ut i torvbrottet igen i onsdags trots att polisen sa att det kommer betraktas som ett grovt brott. Ofta ändrar sig situationen varje dag på ett oväntat sätt. Det kan vara en ny taktik från polisen, hur många personer vi har tillgängliga och vad de är beredda att göra eller att media ger en oväntad vinkling av våra aktioner. Många gånger sitter vi i timmar på kvällen och diskuterar vad vårt nästa drag ska vara inför morgondagen. Det är inga intellektuella diskussioner om förändringsstrategier utan direkta taktiska beslut hur vi hanterar den situation vi står inför. Som grund för våra ställningstagande har vi så klart strategier som vi tagit fram mellan aktionsperioderna men vi är noga att hålla dem korta, inte komplicera dem för mycket och ständigt omvärdera dem. Det finns också många exempel på tekniker och metoder från historiska motståndsrörelser vi tar inspiration ifrån, men varje kamp är unik och det går inte att kopiera.

Dramaturgin är också viktig i Återställ Våtmarker. Vi måste se proffsiga ut för att det ska kännas rätt. Det går inte att slarva med banderoller eller hur man uppträder, då tar man inte kampen på allvar. Jobbar man mot en maskin vars mål är effektivitet så kan man inte vinna på den spelplanen så det handlar inte i första hand om effektivitet utan vad vår inställning är till aktionen och hur budskapet landar. Vi avslutar ofta våra strategiska diskussioner med hur det känns och framförallt hur det kommer att kännas när vi väl är ute på gatan. Känns det bra i magen och i hjärtat så kör vi.

Många gånger gäller det att endast gå till botten med begreppen och känslorna för att få fram en bra taktik eller strategi. Vad innebär det till exempel att vara ärlig? Jag är övertygad om att vara genuin i själ och hjärta är viktigare än att vara omtyckt. Aktionen måste därför utstråla att vi menar allvar och att frågan är livsviktig för oss oavsett vad folk tycker om våra metoder. För mig räcker det då inte att stå på ett torg och demonstrera eftersom det känns falskt. Skulle inte mina döttrars framtid vara viktigare än att jag endast är beredd att offra några timmar av min fritid? Jag vet att jag själv inte gör tillräckligt men jag måste handla i någon sorts proportion till den katastrof vi befinner oss i. När det kommer till känslor så har Rebellmammorna en mycket effektiv strategi. De som har sett mammorna sitta i ringen och tala om kärlek samt oron och sorgen över våra barns framtid kan inte vara oberörd. Att prata om sin förtvivlan är ett första nödvändigt steg till fortsatt handling. Men vad händer när man sörjt färdigt? Det är där orättvisan, ilskan och beslutsamheten kommer in. En tyglad vrede över missförhållanden tror jag leder till en bestämdhet och en trygg övertygelse som bygger en stark motståndsrörelse.

"Är det inte dags för kvällsmat snart?" undrar Rickard.

"Jo kanske, vad är klockan?"

"Halv sju."

"Jag måste ändå gå på toaletten så jag kan fråga", säger Rickard.

När han kommer tillbaka berättar han att det varit en incident på häktet. Ingen blev skadad men vakterna verkade vara ganska tagna.

"Usch vad läskigt!" säger jag.

"Ja, men tur att ingen råkade illa ut."

"Vi bråkar inte om att vi inte fått kvällsmat än. Den kommer när den kommer", säger jag.

Jag tycker plötsligt synd om alla vakterna på häktet. De är faktiskt ganska trevliga och snälla. De gör så gott de kan. Jag berättar för Rickard om mitt misslyckande gentemot vakterna och att jag nu har dåligt samvete för hur jag betedde mig.

"Jag förstår precis", säger Rickard: "Jag har också betett mig dåligt många gånger vilket jag ångrar. Man är inte mer än människa och det är omänskligt att vara inlåst."

"Tack för att du berättar. Jag tänker skriva en förklaring och tack till dem som jag kan lämna över när jag blir släppt. Tills dess fortsätter jag hålla distansen. Men nu förstår du varför, om du tycker att jag är kall mot vakterna."

"Tack själv för att du berättar, Pontus. Jag förstår fullständigt."

En spricka i muren

Häktet Jönköping, torsdagen den 27:e juli

Jag vaknar av morgonljuset som silar in genom persiennerna. Det är en solig dag och strålarna når precis min huvudkudde innan solen snart kommer vandra söderut och vända sig bortom fönstret. Jag ligger kvar och tänker på ingenting, rastlösheten är borta och jag bara njuter av att jag inte har bråttom att gå upp. "Den här vilan är nyttig för mig", tänker jag och gäspar.

"Är du vaken", frågar Rickard.

"Ja, vaknade precis". Jag tittar ner och ser att han sitter och läser i en bok, Fursten av Machiavelli. "Kan jag låna din bok när du är klar?"

"Ja visst. Vi kan byta. Jag läser gärna Krigets konst."

Han fortsätter: "Det är Australien mot Nigeria snart. Inte världens mest spännande match kanske, men vi kollar väl?"

"Ja, det är klart", säger jag och gnuggar ögonen.

"Vi måste fixa gardinerna så att man inte får solen i ögonen. Jag provade att tejpa upp dem med etiketterna från snusdosan men det håller inte."

Jag klättrar ner och tar en knappnål från anslagstavlan och försöker nåla upp gardinerna så de håller ihop och täcker den synliga springan. "Det kanske funkar, vi testar ikväll", säger jag och sätter tillbaka nålen på anslagstavlan.

"Jag skulle gärna vara en fluga på väggen i Neovas styrelserum nu", säger Rickard.

"Ja, de räknade garanterat inte med det här motståndet. Jag tror de ångrar sin lobbyingkampanj nu. De tog i för mycket och deras lögner har blivit allt för uppenbara i ljuset av våra aktioner. Det hade funkat om ingen opponerat sig men nu är det bara pinsamt för dem."

"Jag tror faktiskt vi kan vinna det här", säger Rickard.

"Ja, frågan är hur lång tid det tar. Vinsten kommer alltid oväntat. Först händer ingenting under en lång tid och så helt plötsligt har man vunnit."

"Och då är det någon jäkla politiker som tar åt sig äran", avbryter Rickard.

"Så är det. Vår bransch är inget man skall ge sig in i om man vill bli hyllad", säger jag och slår på TV'n.

Medan jag väntar på att matchen ska börja funderar jag på om vi haft några delsegrar hittills. Vi har än så länge fokuserat allmänt på att återväta våtmarkerna. Det är inte förrän nu vi riktar in oss direkt mot torvindustrin så vi har inte nått några synliga resultat än. Några artiklar i nationell press men framför allt har de skrivits om våra aktioner i lokaltidningarna. Media är ett lätt sätt att mäta resultatet av ens arbete, men det är bedrägligt. Det är inte säkert att många artiklar leder till en förändring. Det mest konkreta framsteget är nog att Neova kommenterar oss. Det betyder att vår kampanj är så störande att de känner sig tvingade att svara.

Runt våtmarker har vi haft flera tydliga segrar, där SIFO undersökningen runt stödet för vårt krav är den tydligaste. Vi har också en namnigenkänning hos den svenska befolkningen som ligger på runt 90 procent vilket är ett styrkebesked. Flera politiker har också uttalat sig om oss och våra aktioner och det har tydligt blivit en debatt i Sverige om våtmarkers klimatpåverkan. Kravet att förbjuda torvbrytning ligger nära våtmarker vilket gör att vi kan dra nytta av arbetet runt vårt huvudkrav. Det är tydligt hur vansinnigt det är att tillåta torvbrytning samtidigt som satsningar görs på att bevara och restaurera våtmarker för att behålla torven som en kolsänka i marken. Det skulle kunna vara den sprickan i muren vi behöver. För att vidga sprickan gör vi torvbrytningens skadeverkningar tydliga ute i landet där beslut tas om nya torvbrott. Varje länsstyrelse och kommun där torvbrytning planeras ska veta att det finns ett motstånd. Vi skulle kunna göra kostnaden så stor för varje torvbrott att Neova inte längre får ekonomi i sin verksamhet.

För att bredda och fördjupa konflikten ytterligare bör vi komplettera genom att agera på nationell nivå. Folk vet nu vad en våtmark är och att det är klimatskadligt att dränera dem. Däremot vet knappt någon vad torv är eller vad det används till. Med radikala störande aktioner i Stockholm kommer vi kunna informera att torv är värre än kol, olja och gas och att våra torvgruvor är precis lika illa som brunkolsgruvorna på kontinenten. En tredje front för att spräcka muren skulle kunna vara Finland. Vi borde prova att göra en riktigt radikal aktion i Helsingfors för att se hur responsen blir. Experimentera för att se om vi snabbt och billigt kan skapa en debatt och opinion mot Neovas härjningar i Sverige.

Jag känner mig helt matt när jag tänker på alla aktioner vi måste göra för att kunna slänga ut Neova från Sverige. Jag vet också att det inte finns några genvägar. Vi måste vara beredda på höga böter, häktningar och fängelsestraff. Så fort vi är lite försiktiga så skriver inte media och det blir inte den förväntade responsen i samhället. Det går inte att göra en namninsamling eller en tillståndsgiven demonstration eftersom effekten uteblir. Det går inte ens att göra civil olydnad på låg nivå som att sitta i en korsning i stan. Vi vet exakt hur störande vi måste vara efter flera års experimenterande. Återställ Våtmarkers aktioner ligger precis på gränsen för vad som är nödvändigt så trots att det är jobbigt att tänka på just nu vet jag vad som ligger framför oss.

Dörren låses upp och öppnas. I öppningen står en vakt med papper i handen.

"Hej, här kommer jag med kiosklistorna", säger hon och lägger dem på golvet framför dörren.

"Tackar! Lite guldkant på tillvaron", säger Rickard och reser sig för att plocka upp pappren samtidigt som vakten går ut och stänger dörren.

"Här", säger han och räcker över mitt ark.

När man är häktad eller sitter i fängelse så tjänar man lite pengar varje dag. Dessa pengar kan sedan användas för att handla i kiosken. Det är ingen fysisk kiosk utan en lista med läsk, godis, chips, tobak och lättare mat som "Varma koppen" som man kan beställa. Varorna levereras en vecka efter beställning, om man har intjänade pengar. Oftast får man en liten kredit i början så man kan köpa redan första gången när man får listan. Kiosklistan är en av de få stunder man ser fram emot när man är inne och jag och Rickard sitter nu i våra sängar och ögnar igenom listan som småpojkar som precis fått sin veckopeng.

När jag fyllt i min blankett funderar jag vidare hur vi kan få momentum i kampen om torven. Jag tänker direkt på finska ambassaden i Stockholm. Med det målet så slår vi två flugor i en smäll. Vi kommer få nationella nyheter både i Finland och Sverige, kanske internationellt också, vilket ger resultat på två fronter. Jag tror vi måste storma ambassaden på något sätt. Det lär inte räcka med att stoppa trafiken utanför eller spruta färg på entrén. Men hur gör man det utan att det blir farligt varken för oss eller personalen? Jag minns att folk har tagit sig in på ambassader förut men jag vet varken om det går att göra helt fredligt eller vad de juridiska konsekvenserna kommer att bli. Jag måste reka och läsa på när jag kommer ut. Just nu kan jag inte göra någon planering.

Förmiddagen flöt på lugnt. Vi hade en promenad på rastgården och sedan besökte vi gymmet. Löpmaskinen var trasig så jag använde roddmaskinen och en anordning där man drar i en vikt och tränar ungefär som när man stakar i längdskidåkning. Det blev ingen ordentlig träning men det var skönt med lite omväxling från cellen. Tillbaka i cellen ser vi att det ligger en hög med brev på golvet. Rickard sorterar ut sina kuvert, sätter sig på sängen och börjar sprätta.

"Om du vill kan jag ta duschen först så kan du läsa i lugn och ro", säger jag.

"Tack gärna, jag måste först läsa om det hänt något där ute."

Duschen är bättre än i Värnamo. Med vattnet strilade ner för ansiktet tänker jag på om jag skall prata med Rickard om planen med ambassaden. Jag vet att cellen inte är avlyssnad men det kanske är dumt att snacka för mycket om så drastiska planer här inne. Rickard är en av de mest erfarna aktivister jag känner men jag har inte så mycket att gå på just nu. Jag har ingen aning om aktionen är möjlig, än mindre vilka som passar att vara med. Jag stänger av vattnet och ställer mig framför spegeln för att raka mig. Jag ser mig i ögonen och frågar: "Skulle du kunna vara med att klättra över staketet och ta dig in i byggnaden?" Jag känner att jag inte är tillräckligt grundad just nu och förresten måste jag landa med familjen innan jag kan ta ett sådant beslut. Rickard hade säkert inte tvekat på att vara med men jag kan inte diskutera planen om jag inte själv vet hur jag hade ställt mig inför valet att delta i aktionen. Det är varken rätt tid eller plats att tänka vidare på det, bestämmer jag mig.

När jag kommer tillbaka till cellen säger Rickard:

"Frida, Johanna, Esther, Johan, David och Calle är släppta."

"Vad kul! Men så märkligt."

"Ja, jag fick brev från Emma. Hon sitter med Sofia och de är också förvånade.

"Det finns ingen logik. Esther har väl villkorligt från flygaktionerna?" frågar jag.

"Jag tror vi släpps allihop snart", säger Rickard.

"Kanske men jag vill inte tänka så. I fängelset talades det om muckarsjuka. Intagna som innan frigivning tänkte för mycket på att komma ut. Så fort man mentalt lämnar cellen så går tiden otroligt långsamt. Där hade man ett datum att se fram emot, här kan det bli mycket värre. Vi vet faktiskt inte hur länge vi får sitta."

"Jag har inga problem att tänka på det. Jag har det rätt bra och har ingen brådska att släppas", säger Rickard.

Jag har fått brev från Karin, Git och Marit. Breven berör mig djupt. De vet precis vad allt handlar om och vad de ska skriva. Vi känner varandra så väl och jag fylls av en stor tacksamhet. Det är ett stort privilegium att vara med i den här gemenskapen. Jag läser att Karolina, Lior och Aurora gick ut på Ekebymossen i måndags och sådde blommor i torvbrottet. Jag visste det! Klart att de fortsätter med torvaktionerna som planerat. Ett av försäljningsargumenten för torv i planteringsjord är just att det är sterilt. När de sådde frön på mossen återskapade de grönskan som en gång var samtidigt som de gör torv som bryts obrukbar för odling. Det finns inget bättre att höra än att kampen fortsätter när man själv sitter inne. De verkar ha klarat sig från anhållan och häktning än så länge.

Inifrån häktet har jag fått brev från Emma och David. Det känns lite märkligt att få brev från personer som är i samma situation, en blandning av stöttning och pepp samtidigt som de beskriver att de har det bra och vi inte ska oroa oss. Jag känner mig lite dum för jag hade själv inte en tanke på att vi kan skicka brev till varandra här inne. Imorgon ska jag skicka brev till alla som är kvar. Karolina och Lior skickade också med en bok om en ung kille som fått cancer, "I kroppen min : resan mot livets slut och alltings början". Jag bestämmer mig för att pausa "Fursten" och börja på den nya boken istället.

När jag på kvällen sitter med min Chili sin carne tänker jag på vad som räknas som framgång. Det är en sak att det är svårt att se vilken påverkan man har i stunden men det är ännu svårare att se om ens segrar verkligen driver åt rätt håll. Syftet med att stänga ner torvindustrin är inte primärt för att stoppa utsläpp av växthusgaser. Det är klart att varje ton koldioxid som inte hamnar i atmosfären gör att vi har större möjlighet att behålla en värld det går att leva i men om det stannar där så fortsätter bara förödelsen på ett annat håll. Då blir vi inte bättre än de politiker som med små steg skapar en dödligt falsk trygghet om att vi är på rätt väg. Att spela med i systemet är inte att skapa en spricka i muren, oavsett om man jobbar för att övertyga ett företag att minska sina utsläpp, att få folk att flyga mindre eller att påverka politiker att inte bygga en motorväg. Målet är att skapa hopp om en systemförändring stor nog att rädda något av allt det som nu hotas att slås sönder. Vi måste därför alltid vara öppna och ärliga om att kampen handlar om ett helt annorlunda samhälle. Då blir våra segrar ett bevis på att arbetet är meningsfullt och vi visar i praktiken en möjlig väg. Hoppet vi skapar för alla oroliga människor i Sverige är syftet och målet med våra kampanjer just nu.

Klockan är tio och jag släcker lampan. En oro sprider sig i mig. Vi kanske bara tror att vi bryter upp systemet med våra aktioner men egentligen är det inte mer än de risporna jag ser i betongväggen bredvid mig, som en symbolisk handling som aldrig har potentialen att hota den rådande ordningen. Är vi lurade av makthavarna och egentligen spelar vi bara med i deras spel? Jag ser framför mig politiker som tycker att allt är i sin ordning, ett lagom straff för aktivisterna kompletterar en falsk bild över ett fungerande demokratiskt maskineri. Jag vaknar till och tänker: "Vi måste göra mer!" När man experimenterar vill man alltid få ett utfall som är brett fördelat, annars lär man sig inte om det system man studerar. Resultatet från våra aktioner visar tydligt att vi oftast tar i alldeles för lite för att få något resultat alls. Vi har ännu aldrig gått över gränsen och varit för radikala. Innan jag somnar ser jag framför mig bilder från den isländska filmen "Women at war". Halla, en kvinna i 50-årsåldern, som har nått vägs ände. Hon spänner sin båge, skjuter ett snöre över kraftledningarna och drar sedan upp en vajer för att kortsluta elsystemet.

Konsekvenserna av vad vi vet

Häktet Jönköping, fredagen den 28:e juli

Jag vaknar tidigt till ännu en enformig dag. Tjugotre av dygnets tjugofyra timmar kommer jag att spendera precis här. Ibland när jag är ute och tältar lite längre på samma ställe så blir jag vän med min omgivning. Det uppstår en relation mellan mig och det som finns runt omkring mig, som ett träd, en klippa eller själva utsikten. Här i cellen har inte den relationen infunnit sig. Jag är mest neutral till väggarna, fönstret och möblerna. Jag tror det beror på att jag uppfattar cellen som ful. Allt finns i betraktarens öga så om jag finner skönheten i min omgivning så kanske det ändras. Det tog mig ett tag att börja gilla de svartvitbruna nyanserna i den skånska vintern men nu älskar jag januarifältens subtila skönhet, så jag vet att det går. Rickard sover fortfarande och jag vill inte väcka honom genom att slå på morgonnyheterna. Jag ligger istället kvar i sängen och svarar på breven jag fick igår.

Det är så skönt när man skriver till folk som är insatta i klimatförändringarna. Man behöver inte förklara sig. Det är klart att vi kan tycka olika om saker och ting men man behöver inte rabbla klimatfakta hela tiden och slå hål på alla de myter och fördomar som florerar. Jag skriver istället om att jag mår bra, vad glad jag är att dela cell med Rickard och påminner om gamla roliga och galna minnen vi tillsammans har upplevt i aktivismen.

Jag blir plötsligt känslosam. Mina vänner i klimatrörelsen har verkligen berikat mitt liv de senaste åren med sin livsglädje. Som medelålders har man sedan länge lämnat studentlivets gemensamma utforskning av världen och den påföljande lyckan i att leva mitt i livet med småbarn och arbete har börjat falna. På ölkvällarna med de gamla vännerna repeteras forna tankar och minnen som en raspig grammofonskiva som hakat upp sig. De försök att lyfta på pickupen och hitta ett nytt spår fastnar lätt i livlösa ämnen som att bygga trädäck eller vart man ska åka på nästa skidsemester. Innan vi blev aktivister pratade Nilla och jag om att fokus i livet runt 50 verkar handla om att konstruera meningsfullheter i tillvaron, som att gå helt upp i någon hobby som cykling eller ölbryggning för att fördriva tiden. Det behovet har jag inte. Avsaknad av mening är inte en av de utmaningar jag har idag.

Dörren öppnas och en vakt säger: "Dags för frukost."

Vi tar våra brickor och följer med ut i korridoren.

"Vi skulle gärna vilja ha lite gemensamhetsvistelse snart", passar jag på att säga. När man är häktad utan restriktioner brukar man få samlas i en gemensam lokal för att spela spel eller pyssla.

"Jag skall framföra det", svarar hon.

"Om inte det går idag så vill vi åtminstone träffa några av våra vänner på rastgården."

"Det går säkert att lösa."

Inne i cellen med min frukost kommer jag på att de glömt ge mig medicinen igen.

Förmiddagen flyter på i ett lugnt tempo. Det är den andra fredagen vi sitter inlåsta. När helgen kommer känns det alltid lite speciellt på insidan. Det är inte så att jag får hemlängtan, det är snarare så att alla dagar i häktet är lika så det finns inget speciellt att se fram emot på slutet av veckan. Idag är det bara en dag till i raden av dagar. I fängelset hade vi alltid bingo på fredagseftermiddagen där man kunde vinna lite godis eller chips. Jag tror syftet var att skapa lite fredagsmys. Där hade vi sysselsättning på vardagarna som efterliknande ett riktigt jobb så helgerna var mer som på utsidan. Jag var lyckligt lottad med ett kortare straff och hade meningsfulla dagar med att läsa och skriva så på helgerna njöt jag av att sova lite längre och vila upp mig. Andra fångar plågades av att tiden gick långsamt. De såg fram emot måndagen då sysselsättningen fick timmarna att gå lite snabbare.

Efter lunch kommer ett par vakter in till oss för att följa oss till utevistelsen. Ute på rastgården ser vi Henrik.

"David, Johan och Patrik är släppta", säger han.

"Bra, då verkar det som de släpper oss en efter en. Jag tror att de gör individuella överväganden för var och en av oss trots att vi agerade lika", säger jag.

"Ja, så är det nog", fortsätter Henrik, "Jag har gjort en liten sammanställning. Vi tre är ju kvar. Sen tror jag att Helen och Ebba är kvar. De delar förresten cell nu. Resten är nog släppta."

"Har du haft ett tredje förhör förresten, Henrik?" inflikar Rickard

"Ja, jag hade förhör i förmiddags. Det var samma poliser som i det andra förhöret. De frågade inte om något nytt, mest upprepning av vad jag redan svarat på. Jag försöker i varje förhör förklara varför vi var ute i torvbrottet och jag tyckte de var lite mer respektfulla och lyssnande denna gång."

Efter några minuter hämtar vakterna Henrik. Hans utomhusvistelse var redan över och vi fick bara några minuter att umgås tillsammans. Jag och Rickard sätter oss på bänken och njuter av solen. Trots att vi befinner oss utomhus är rastgården så inrökt att man inte kan undslippa den fräna lukten. Det enda naturliga jag kan se är alger och lite mossa som växer på betonggolvet under trädäcket så jag lutar mig mot väggen och sluter ögonen så jag kan känna friheten i brisen som blåser mot mitt ansikte. Det var intressant att höra om Henriks tredje förhör. Är man uppriktig, ärlig och ihärdig så vinner man respekt och ett intresse uppstår.

Jag sitter och tänker på en intervju i Studio 1. Medierna hade snöat in på våra metoder, frågan om det inte är kontraproduktivt att göra bilister arga. Vi hade redan flera gånger förklarat skillnaden i metoder och mål men frågan var fortfarande huvudämnet när vi blev intervjuade. Denna gång skulle jag debattera med en moderat riksdagsledamot om metoden att stoppa bilar. Eftersom det var direktsändning, där de inte kunde klippa eller stryka, bestämde vi oss för att försöka byta ämne och prata om *varför* vi stoppar bilar. Tanken var att snabbt brygga över frågan och istället prata om det katastrofala läget, vilket är grunden till varför vi agerar. Vi visste redan i förhand att journalisterna skulle vilja hålla sig till störningen i sig, påhejad av moderaten. I mediaträningen repeterade vi flera olika scenarier och vi hade även tränat på att jag skulle lämna studion i direktsändning som sista utväg. Trots att det hettade till ordentligt flera gånger under debatten och moderaten som vanligt ljög rakt ut om deras klimatsatsningar så fick jag med allt jag ville prata om.

Jag reser mig upp från bänken och säger till Rickard: "Kommer du ihåg den där intervjun i Studio 1, med den där moderate riksdagsledamoten som hade varit polis?"

"Ja, då som du slängde av dig lurarna och lämnade studion", säger Rickard och ler.

"Ja, men det mest intressanta var efteråt. Har du lyssnat på SD's kanal Riks analys av debatten?"

"Nej, vad sa de?"

"Du måste lyssna på det när du kommer ut! Det är superintressant. Googla bara på mig och Riks på Youtube. Först körde de sin vanliga propaganda med miljöextremisten som havererar i radio. Men sen lyssnar programledaren faktiskt på vad jag säger."

Jag fortsätter: "När jag tar upp Johan Rockströms uttalande om att mänsklighetens framtid avgörs detta årtionde så drar programledaren på Riks den helt centrala slutsatsen. Om jag nu har rätt i hur illa det är så blir vårt agerande helt plötsligt begripligt."

"Men han håller väl inte med", frågar Rikard.

"Nej, så klart. Han slänger in en del klassiska bortförklaringar men han ser våra handlingar i ljuset av varför vi agerar. Något som journalisterna på SR inte ville att jag skulle snacka om"

Tillbaka i cellen sätter jag mig i sängen med pappren på min bricka. Jag har aldrig gillat att jobba vid ett skrivbord, det känns för stelt och obekvämt. Jag sitter hellre i en soffa eller en säng när jag skriver. En ergonom hade säkert haft många synpunkter på min arbetsmiljö men jag har inte haft några arbetsskador än. Rickard fixar lite te till oss innan han sätter sig och läser. Jag skriver ner "Varför" och stryker under. Att vi agerar är endast konsekvenser av vad vi vet. Det är motivet till handlingen, som rätten brukar fråga efter. Det är här ärligheten och öppenheten kommer in. Det kan finnas massor av motiv till att en person handlar på ett speciellt sätt, som pengar, karriär eller prestige. I en radikal aktivism blir det uppenbart att vi inte agerar efter egen vinning. Vi offrar vår ekonomi, vår karriär, vår bekvämlighet, vår frihet och i vissa fall vår hälsa. Hatet är enormt både på sociala medier och ute på gatan. Kärnan i fredlig civil olydnad är just detta, att öppet stå för sina handlingar. Det handlar inte om någon sorts självspäkning, det handlar om ärlighet. Jag agerar *trots* att det innebär oönskade konsekvenser eftersom syftet för mina handlingar är så mycket viktigare. Det går att ifrågasätta om vi agerar på mest effektivt sätt eller om det verkligen är så illa som vi påstår, men det går inte att tvivla på våra motiv. Varje sekund vi nu sitter inne är också ett bevis för våra motiv. Tanken stärker min beslutsamhet och ger en mening till den monotona tillvaron.

I dagens komplexa samhälle är det mycket svårt att hitta det direkta motivet till en persons agerande. Presstalespersonen på företaget uttalar sig i första hand för företagets bästa, mediebolag och tankesmedjor följer ägarnas direktiv. Politikern handlar efter vad som gynnar opinionssiffrorna, vad lobbyorganisationerna efterfrågar eller vad den nuvarande kohandeln kräver. Jag tvivlar inte på att de flesta människor vill väl. Problemet uppstår när man ser diskussionen som ett medel för att vinna sekundära vinster. Då våldför man sig på sanningen och respekten för varandra. Vi har en hel kår av politiska journalister som försöker gissa sig fram till vad politikernas uttalanden betyder eller förväntas leda till. Hur skall vi medborgare då kunna gissa oss till rätt valsedel i nästa val? Om vi kan lita på våra medmänniskors motiv så kan vi gå rakare mot diskussionens kärna, gemensamt komma fram till vad som är rätt och fel. Där har vi aktivister en enorm fördel framför alla andra. Ja, vi är stenhårda och konsekventa i vårt handlande men när det kommer till diskussioner är vi ofta nyfikna, konstruktiva och öppna för att vi kan ha fel. För det handlar inte om oss som individer, det handlar om oss alla vilket vi har visat genom osjälviska handlingar. Visa mig vilka uppoffringar du gör så kan jag säga hur ärlig du är. Det är kanske också den största styrkan i lottade församlingar, som medborgarråd. Delegaterna sitter inte där för att gynna sin egen karriär eller för att en grupp individer skall vinna makt och inflytande i nästa val. Det finns ingen som har nominerat delegaterna, inga band som kan korrumpera beslutsprocessen. Representanterna i ett medborgarråd kan, med en facilitator som garant för det goda samtalet, öppet respektfullt mötas för att komma fram till vad som är bäst för oss alla. Tänk vad vi kunnat åstadkomma om vi bara kunde vara lite mer uppriktiga och ärliga mot varandra.

Jag störs i mina tankar av att en vakt kommer in och lämnar lite brev. I handen har hon också en telefon.

"Jag har din advokat i luren", säger hon.

"Jaha?", svarar jag, tar telefonen och säger:

"Hej, Pontus här i cellen."

"Hej Pontus, du kommer att kallas till ett tredje för-
hör. Förhoppningsvis idag, annars blir det nog efter helgen.

"Jag misstänkte det. De andra här inne har också blivit
kallade till extra förhör."

"Ja, jag ser det som ett positivt tecken. Vad jag förstår
avslutas era aktionsveckor idag?"

"Ja, vi hade planerat att vara i torvbrotten fram till
idag. Så min plan är att åka hem när jag blir släppt. Jag tror
inte du behövs på förhöret förresten", säger jag.

"Nej, jag tror det bara är några få kompletterande frå-
gor. Jag ser inte att det finns någon anledning att hålla dig
längre. Du borde släppas idag, men av administrativa skäl
kan det dra ut lite på tiden."

"Ja, vi får se. Det blir som det blir. Jag kanske har en
färdig bok när jag släpps", säger jag lite skämtsamt.

"Ja, men vi får hoppas på att du får skriva klart den
där hemma." säger hon.

"Det får vi hoppas på, tack för att du ringde", avslutar
jag med.

"Tack själv och lycka till med skrivandet", säger Char-
lotte och lägger på luren.

"Jaså, du ska på frisläppningsförhör?" säger Rickard.

"Snarare lås-in-och-kasta-bort-nyckeln-förhör", sva-
rar jag och ler.

"Ja, vi är ju så farliga och radikala att de nog får sätta
oss på slutförvaring i ett bergrum någonstans för att vi inte
ska gå ut i torvbrotten igen."

"Radikal", tänker jag. Det betyder att gå till roten med något. Det är en fin benämning trots att det används som ett skällsord idag. Vi lever i en historisk brytpunkt. De multipla kriserna, den tekniska accelerationen mot singulariteten och den politiska oron och vilsenheten. Det är nu tillräckligt många exponentiella kurvor som pekar mot en global brytpunkt. De politiska partierna är som fossiler i en döende historisk epok. Vi lever inte i en tid för att förvalta eller att optimera det befintliga systemet med reformer. Vad som behövs nu är personer som går före, vågar ifrågasätta och tänka nytt. Ja, det är tid för de radikala personerna att äntra scenen.

"Kolla här", säger Rickard som redan öppnat dagens brevskörd. Han visar mig en bild som Roxy skickat på en demonstration. Jag ser direkt att det är från Sergels torg i Stockholm. Det är en stor stöddemonstration med budskapen "Frige klimataktivisterna och "Förbjud torvbrytning". Det är personer jag känner igen från XR, Rebellmammorna, Klimataktion och Fridays For Future. Men det är också flera jag inte träffat förut. Jag blir helt rörd av omtanken och säger med en lite sprucken stämma:

"Calle och Esther är också med!"

"Calle förvånar mig inte men nu vet vi i alla fall säkert att Esther också är släppt", säger Rickard.

Jag öppnar snabbt mina brev för och hittar bilder på fler demonstrationer. Malin har skrivit ut bilder på människor med skyltar och plakat från Stockholm, Göteborg, Malmö, Lund, Uppsala, Växjö och många fler städer. Det är till och med en bild från Jönköping. På ett av fotona ser jag Minna, som släpptes för några dagar sedan. Vi sätter upp alla bilder på vår anslagstavla. Jag lägger mig i sängen och tittar på bilderna. Så otroligt fint. Tanken på alla människor som tycker att vi agerat rätt stärker mig. Det ger en motvikt mot poliserna, väktarna och den låsta cellen. Nu kan jag sitta inlåst länge till. Det påminner mig om demonstrationen utanför Tygelsjöanstalten tidigare i år. Min vän och före detta kollega Jens hade under en afterwork sagt att han skulle anordna en demonstration utanför fängelset om jag blev dömd.

Tygelsjöanstalten, februari 2023

Tre veckor efter jag checkat in på anstalten fick jag ett brev från Nilla. Där det stod att de samlat ihop en grupp med gamla vänner och före detta medarbetare som skulle åka ner och demonstrera, men att dagen ännu inte var bestämd. Förväntansfullt letade jag efter tecken efter en demonstration trots att jag visste att jag nog inte ens skulle märka av den. Jag blev dock mycket förvånad när en vakt kom in vid morgonkaffet en dag och sa: "Vi har fått indikationer att det kan ske en inbrytning här idag. Så därför får ni inte lämna fikarummet tills situationen är löst." Det började direkt pratas runt omkring bland internerna. Några sa att de hade sett att det blivit en förstärkning av vakter, en del ansikten som de kände igen från häkten runt omkring i Skåne. Jag hade innan berättat att det skulle vara en demonstration utanför så misstankarna föll direkt på mig. En av mina medfångar som jag brukar spela schack med vände sig mot mig och sa:

"Är det dina kompisar som tänker bryta sig in och frita dig?"

Jag tänkte efter någon sekund och svarade sedan: "Det kan vara dem som demonstrerar, men jag tvivlar starkt på att en liten grupp medelålders kontorsråttor skulle göra något så olagligt som att bryta sig in i ett fängelse", vilket resulterade i en hel del skratt i fikarummet.

Hela dagen var verksamheten nedstängt och vi fick inte röra oss omkring på området förrän vid arbetsdagens slut. Då de ansåg att risken var överspelad kunde vi gå hem till våra celler. Jag var lite orolig att någon skulle bli arg för att jag indirekt orsakade olägenheten med den ökade säkerheten, men de jag pratade med tyckte bara det var en komisk situation och lite omväxling till den trista vardagen. På vår korridor jobbade vi intagna på olika arbetsplatser på olika delar av anstalten och när nedstängningen skedde hade vissa spanat för att se om de kunde se vad som var på gång. Genom lite pusslande kom vi fram till att de hade satt hinder vid alla tre infarter, vid entren hade de satt upp kravallstaket, vid växthusen var det en polisbil som blockerade och vid verkstaden hade de ställt en stor buss i vägen.

När jag kom ut fick jag se bilder från tidningen där Nilla höll upp ett plakat med texten "Frige Pontus". Jens, Stefan, Olof, Henrik och Sofi höll plakat med texter som "Frige de politiska fångarna". En liten grupp välklädda, skötsamma människor som till och med ansökt om polistillstånd för demonstrationen. De hade ingen aning om vilket rabalder de skapat där inne.

Häktet Jönköping, fredag kväll den 28:e juli

Till kvällsmat serverades klyftpotatis, sojabiff och en tomatsås. Jag kände igen måltiden från någon av de första dagarna så jag misstänker att vi gått igenom hela menyn nu. Jag tittar ut genom persiennerna mot torget.

Uteserveringarna börjar fyllas efter dagens slut. Det ser ut att vara en varm kväll.

Stärkt av alla brev tar jag upp mina anteckningar och läser "Varför". Handlar jag efter vad jag vet? Eller som Greta brukade säga: "Agera som om huset brinner". Just nu kan jag inte göra någonting men jag kan börja planera för vad jag ska göra när jag kommer ut. Om jag nu ska ta ansvar över vad forskningsrapporterna och tidningsartiklarna visar så borde jag väl göra mer. Frågan är bara vad. Jag har en krypande känsla av att jag missar något. Att vi bara påverkar marginellt med våra aktioner. Jag tänker på vårt arbete med grundad aktivism i ÅV, diskussionsgrupper där vi talar mer existentiellt vad det innebär att leva i denna dystra tid. Syftet är att stärka varandra så vi är väl grundade i våra beslut och dess konsekvenser. Tanken är att man aldrig skall ångra sig om man tar ett livsavgörande beslut för klimatet, som att hamna i fängelse, säga upp sig från jobbet eller att få höga böter eller skadestånd. Jag borde ägna tiden här inne för att stärka mig i mina framtida beslut. Det kommer ge mig mer handlingsutrymme när det väl behövs.

Sabotage i klimatets tjänst

Häktet Jönköping, lördagen den 29:e juli

Det blev inget förhör igår så jag kommer att sitta minst över helgen. Tanken gör mig lugn, äntligen har jag fått lite horisont i min tillvaro. Det är tillräckligt länge för att inte fångas i något hopp om frigivning. Tre dagar räcker för att jag ska kunna planera mitt arbete. Jag börjar dagen med att läsa i min senaste bok, "En droppe midnatt". Jag fastnar direkt i dess inbjudande språk och fascinerande berättelser och väcks inte tillbaka till verkligheten förrän dörren öppnas för frukost.

När vi sitter och äter våra mackor säger Rickard:

"Vi borde ha en ny häktesförhandling nästa vecka. Senast fjorton dagar efter första häktesförhandlingen ska de hålla en ny."

"Ja, det stämmer ju. Det är säkert därför de håller ett tredje förhör."

"Jag känner för att bara störa på nästa förhandling. De får kasta tillbaka mig i cellen istället, för de lyssnar ju ändå inte", säger Rickard.

"Ja kanske. Det finns ju heller inget nytt att ta upp så det blir rätt meningslöst att säga samma saker en gång till", säger jag.

Jag fortsätter: "Men om vi skall obstruera så tycker jag att vi ska göra det snyggt. Vi ska skapa en rättegång som inte bara tar upp vem som grävde var utan fokuserar på nödrätten."

Jag minns filmen "In the King of Prussia" där ett gäng fredsaktivister inte får tala om de massförstörelsevapen som rättegången egentligen handlar om. När de blir tystade använder de olydnad för att ta över rättegången. De tar bland annat på sig rollen som åklagare och anklagar vittnet som är anställd på kärnvapenanläggningen, där aktionen ägde rum. Jag har själv varit med om rättegångar där klimatfrågan avfärdas som politisk agitation, trots att vi hänvisar till att det är grunden för vår nödrätt. Det borde vi aldrig ha accepterat.

Rickard slår på TV'n, Sverige spelar mot Argentina. Jag börjar skriva en manual för hur man kan vara olydig i en rättegång. I häktesförhandlingen är det inga vittnen, inga åhörare och inga nämndemän, bara åklagare, domare och jag, så jag har inte så mycket att spela med. Jag bestämmer mig för att i lugn och ro tala om nödrätten, klimatkatastrofen och torven. Blir jag avbruten så kommer jag bara att fortsätta prata. Om de inte lyssnar så kan jag be dem vara tysta och försöka vara uppmärksamma på vad jag har att säga. Kanske ställa några kontrollfrågor i slutet och visar det sig att de inte lyssnar så tar jag om allt från början igen. När det blir tingsrättsförhandling blir det lättare. Då kan vi tilltalade samarbeta och spela olika roller, som att förhöra varandra. Kanske kan vi inkludera åhörarna som en jury?

Organisationen "Vardagens civilkurage" har massor med metoder hur man skapar ett jämlikt demokratiskt möte genom att bryta ner orättvisor, diskriminering och exkluderande normer. Syftet med att vara olydig är inte för att dominera utan för att få till en så rättvis rättegång som möjligt. Går det inte så får de avbryta rättegången eller fälla oss utan vår närvaro. Förvånat ser jag att Sverige vann med 2-0. De vann alltså gruppen!

Jag känner en stor hopplöshet inför nästa förhör och den kommande häktesförhandlingen. Både tingsrätten och hovrätten har bestämt sig för att vi begick ett grovt brott när vi var på mossen. Vi kommer inte kunna mötas eller skapa en gemensam förståelse över vad som pågår. Det är en kamp mellan oss och staten på ojämna villkor. Efter att jag släpptes från fängelset i februari har jag nu ytterligare två misstankar som kan leda till ytterligare fängelsestraff, sabotage för att jag gick i ett demonstrationståg på Tranebergsbron i våras och nu grovt olaga intrång. Trots att jag tycker att våra aktioner var helt rimliga och inte speciellt radikala så ser rättsväsendet det alltså som grova brott. Vad är meningen med att vara försiktig eller hänsynsfull när rättssystemet redan ser våra relativt modesta handlingar som grovt olaga intrång eller sabotage?

I årtionden har det gullats med de stora förstörarna. Det har ingen betydelse om det är storbanker som investerar miljarder i fossilindustrin, stål och cementindustrin som år efter år pumpar ut miljoner ton dödlig koldioxid eller pappersbruken som av törst efter ännu högre vinster driver förödelsen av våra skogar. Ingen vågar störa de stora jättarna eftersom de är integrerade i vårt ekonomiska system och därmed garant för fortsatt maktinnehav för politikerna. De kan inte ställas till svars för den förödelse de bidrar med eftersom det varken finns krav på omställning eller juridiska möjligheter att sätta dit dem. Däremot är det hur enkelt som helst att åtala och fälla privatpersoner för minsta förseelse. Staten betror företagen själva att stå för sin gröna omställning som fossilfritt stål eller elflyg, men helst på frivillig basis. Det är som att be mordbrännare utveckla stadens brandskydd med argumentet att "de är de mest kompetenta". Minsta lilla ingrepp i deras verksamhet för klimatet eller miljöns skull kompenseras med bidrag eller tillskott med offentliga investeringar. Signalen man skickar är att de kan fortsätta härja, för staten är där och räddar dem när det går åt helvete. Var finns friheten och rättvisan i att vissa får förstöra för andra under statens beskydd? Det måste åtminstone vara förenat med en risk att år efter år sabotera vår gemensamma framtid. Det är dags att avkräva riktigt ansvar.

Vi behöver inte ens tala om rättvisa eller vad frihet egentligen innebär när det kommer till handling. Saken är klar, fossilindustrin måste monteras ner. Skogsmaskinerna, flygplanen och grävmaskinerna i torvbrotten har blivit massförstörelsevapen och det är vår uppgift att avrusta dem. Vi måste återvinna och sätta dem i tjänst för vårt gemensamma bästa. Vissa kommer säkert att påstå att det är förstörelse av egendom. Men vad är syftet med egendomsrätten egentligen? I ett samhälle måste det finnas överenskommelser om vad som är ditt och mitt. Medborgare måste kunna lita på att livsnödvändigheter, som mat och tak över huvudet, inte tas över av någon starkare. Men om man använder den grundläggande äganderätten för att försvara miljardärens bankkonton eller anonyma multinationella bolags skadliga verksamhet så används rätten endast i maktens och girighetens tjänst. I de politiska ideologiernas idevärld har egendomsrätten och näringsfriheten blivit något heligt, okränkbart, så länge det gynnar tillväxten. I praktiken inskränks äganderätten hela tiden, men det sker i det lilla och ofta mot privatpersoner. Motorvägar och torvbrott anläggs mot markägarens vilja och äganderätten står ofta mot andra lika viktiga värden, som allemansrätten. Det finns inte något gudomligt eller metafysiskt i äganderätten som gör den okränkbar.

Häktet Jönköping, lördag eftermiddag den 29:e juli

Tiden går nu både långsamt och snabbt samtidigt. Vårt livstempo har skruvats ner till ett minimum i den ansvarslösa enkelspåriga tillvaro vi befinner oss i. Vi rör oss långsamt i cellen och låter aktiviteter som toabesök, måltider eller besöken på rastgården ta all tid som behövs. Det är en ganska skön tillvaro där ingen stress eller jäkt gör sig påmind, ungefär som tredje veckan på semestern. Små detaljer i vardagen blir tydligare och det finns tid till en närvaro och självreflektion som är så sällsynt i en hetsig vardag. Det som gör att tiden samtidigt går långsamt är vetskapen att vår tillvaro här är temporär. Det är svårt att företa sig något meningsfullt en längre tid eftersom vi snart kan ryckas upp och släppas. Mina projekt sträcker sig bara några dagar fram vilket gör mig lite rastlös. Jag har inte kommit igång med träningen efter de inledande passen och jag har ingen lust att gå till gymmet idag. Trots att jag trivs och föredrar att sitta tillsammans med Rickard så kan jag inte på samma sätt gå in i mig själv som jag gjorde i min ensamhet. Dagen flyter nu på och det har redan blivit kväll. Det finns inget bra på TV så jag sätter i öronpropparna, som jag har fått från en vakt, när Rickard vill titta.

Eftersom det är lördag kväll har jag inget behov att arbeta och prestera något. Jag bestämmer mig istället för att bara tänka och skriva om något som underhåller mig. Jag bestämmer mig för att fundera ut en aktionsdesign, planeringen inför en direkt aktion. Det är mycket likt att planera en scoutaktivitet som ett läger eller en stor fest med en massa lekar. Man måste fundera på det övergripande narrativet och sen grotta ner sig i detaljer som verktyg och roller. Kommer folk att lyckas med uppgiften? Kommer de trivas? Jag brukar föreställa mig aktionen i mitt huvud, i olika scenarier och med olika utfall. Det blir lite som att spela upp en actionfilm där jag ser framför mig hur aktivisterna agerar och polisen gör sina motdrag. Jag bestämmer mig för att designa en aktion som är mer radikal än vi någonsin gjort, en aktion utan tanke på om det skulle uppfattas som ett riktigt sabotage.

Jag fastnar för skogsindustrin. Istället för att springa omkring och jaga skogsmaskiner, vilket har visat sig vara en nästan omöjlig uppgift, skulle vi kunna minska efterfrågan genom att slå ut några pappersbruk. Jag vet att de drar oerhörda mängder el så man skulle kunna kortsluta kraftnätet till fabrikerna. Det är en ganska isolerad och säker aktion. Jag misstänker att det går luftledningar till anläggningen så det finns gott om plats att utföra aktionen ostört och utan att utsätta någon för fysiska risker. En kraftig drönare skulle kunna flyga upp och lägga en vajer över ledningarna. Frågan är hur länge produktionen måste ligga nere för att det ska bli en mätbar effekt, och hur snabbt de kan få tillbaka elen igen. Jag behöver en dator med internet för att planera vidare så jag övergår istället till att tänka på om man kan göra en aktion direkt mot fossilindustrin.

Den mest uppenbara aktionen mot ett fossilbolag är mot Preemraff i Lysekil, Sveriges största raffinaderi och största utsläpparen av koldioxid näst efter SSAB. Jag har gjort några aktioner mot Preemraff förut och vad jag minns tydligast är att hela området täcks av en petroliumdimma, överallt är det en oljig stank som sätter sig i håret och ögonen blir helt röda efter en dag vid området. Därför är det extremt brandfarligt att vistas inne på området, minsta lilla gnista kan antända hela fabriken. Greenpeace blockerade 2020 effektivt den angränsande oljehamnen med sin båt Rainbow Warrior och några aktivister klättrade upp i pumparmarna på kajen. Aktionen var mycket lyckad och fick Preem att dra tillbaka sin utbyggnad, men jag tvivlar på att produktionen påverkades nämnvärt. Jag kommer dock inte på något bättre sätt att stoppa produktionen som inte är direkt livsfarligt.

Flygindustrin är lättare. Som vi visat med de vågor av aktioner mot flygplatser i Sverige så finns det flera enkla metoder att få förseningar på några timmar på en flygplats, som att gå in på landningsbanan eller flyga en drönare i närheten. Dessa förseningar sprider sig sedan till senare avgångar, även till avgångar på andra flygplatser, eftersom flygschemat är så packat. Det blir mer effektivt om man stänger ner flera olika flygplatser samma dag. Ofta så har förseningarna dock rättat till sig tills nästa dag och flygtrafiken är tillbaka till det normala. Om man vill ha en ordentlig störning av flygtrafiken skulle man kunna nedmontera eller återanvända själva flygplanen. Man kan plocka bort klaffar eller skruva på motorerna så att det inte går att återställa planen. Eftersom varje flygplan utnyttjas maximalt i luften så bör bortfallet av några plan ha en betydande påverkan på deras destruktiva industri.

Jag känner nu att jag börjar bli trött. Det var svårare än jag trodde att designa en radikal aktion som inte är farlig eller våldsam. Jag släcker lampan och lägger mig tillrätta med huvudet på kudden.

Häktet Jönköping, söndagen den 30:e juli

Jag vaknar tidigt av att solen har gått upp. Trots att vi lyckades fixa mörkläggningen med lite tejp och nålar så letar sig solen in och bryter nattens mörker. Jag har sovit djupt och drömlöst hela natten. Det slår mig att när jag sover sämre hemma de dagar jag inte lämnar huset mer än korta promenader med Fiffi. Jag brukar därför ibland ta en långpromenad innan jag lägger mig för att jag inte ska vakna mitt i natten. Nu har jag inte tagit någon längre promenad eller haft en längre utomhusvistelse än en timme per dag och ändå sover jag gott varje natt. Det är lite märkligt men egentligen spelar det ingen roll. Hade jag sovit dåligt på natten så hade jag tänt sänglampan och läst. Hade jag blivit trött dagen efter så är det inga problem att sova middag. Jag har inga tider att passa förutom frukost, middag och lunch och de lär jag inte missa.

Trots att jag inte kommer ihåg några drömmar känner jag att jag under natten bearbetat aktionsidéerna jag skrev igår kväll. Jag känner ett tydligt obehag och får fjärilar i magen bara jag tänker på att kortsluta ledningar. Det går inte att planera radikala aktioner utan att tänka på konsekvenserna. Att göra civil olydnad och bryta mot samhällets lagar och regler är stort. Därför går det inte att ta lätt på aktionsplanering, oavsett om man själv skall vara med eller ej. Jag måste känna in hur det hade varit att vara med och hur jag hade upplevt konsekvenserna efteråt, annars finns en risk att jag missar något. Om jag planerar så har jag ansvar över de aktivister som deltar, de personer som påverkas av vår aktion, hur polis och väktare ser på vårt agerande och hur det kommer tas emot av det resterande samhället. Kommer det gynna motståndet eller inte?

Om vi ökar mängden störning i våra aktioner så måste vi vara beredda på längre fängelsestraff, åtminstone fem år, och skadeståndskrav i mångmiljonklassen. Jag vet att motståndsrörelser historiskt har använt sig av grövre skadegörelse eller sabotage och det har ofta skett anonymt. Det är klart att man gör nytta i fängelse också men hålls man borta från ytterligare aktioner en längre tid så förstår jag att det är frestande att istället försöka undvika att bli tagen. Men då är det inte civil olydnad längre, då är det ett helt annat spel. En grundläggande regel för civil olydnad är att man agerar öppet och tar konsekvenserna av sitt handlande. Agerar man i det fördolda så medför det också en del praktiska komplikationer som exempelvis sekretessen. Den största risken vi tar idag är om polisen kommer på våra planer i förväg och stoppar oss innan vi kan utföra aktionen. Det är ingen större förlust eftersom vi då kan fortsätta aktionen en annan dag. Visst finns det risker att vi blir åtalade för planering eller konspiration men vi behöver inte ha något stort säkerhetstänk för att hemlighålla våra planer. Om vi agerar anonymt så blir säkerheten en jätteapparat, från en mycket högre datasäkerhet för dokument och chattar till att undvika fingeravtryck på plats. Hur fungerar egentligen DNA-bevisning? Jag har ingen aning och känner att jag är en fullständig nybörjare när det kommer till forensik och kriminalteknik. Det som skrämmer mig är i första hand är inte risken för höga straff om jag av misstag åker dit i en hemlig aktion utan hur pinsamt det hade varit att sitta och ljuga i förhör för att sedan bli motbevisad. Idag kan vi snabbt komma överens med polis och åklagare om vad som hände för att sedan fokusera på varför vi agerade. Jag vill inte sitta i en domstol och ljuga över varför fiber från min ylletröja fanns på brottsplatsen. Jag vill öppet berätta vad jag gjorde och säga att jag kommer fortsätta, för allas överlevnad. Vårt viktigaste vapen är ärligheten. Tappar vi den så är vi inte bättre än våra lögnaktiga motståndare som agerar för sin egen vinning.

Dörren öppnas plötsligt och jag väcks från mina tankar.

"Vill ni gå ut på rastgården så får ni komma med nu", säger vakten.

Jag och Rickard tittar på varandra och bestämmer att vi hänger med. Vi tar på våra skor, jag tar mina anteckningar i handen och så går vi mot dörren.

"De där papprena får du lämna här", säger vakten.

"Okej", svarar jag. Jag förtränger en impuls av att gömma papprena under madrassen och med en tveksamhet lägger jag dem istället öppet på huvudkudden. Det kanske var lite dumt att skriva om sabotageaktioner här inne i häktet, men jag tror inte de orkar gå igenom cellen och läsa vad jag skrivit.

När vi går genom korridorerna tänker jag på hur dålig jag är på att vara kriminell. Jag kan inte ens hålla mina papper hemliga inne i cellen. Nilla brukar alltid säga att jag är usel på att ljuga. Det finns ingen chans att jag skulle klara att hålla mig till en falsk påhittad historia ens om jag hade velat. Jag tänker istället på konsekvenserna om de hittar papprena och frågar ut mig om dem. Som många gånger är oron större än följderna. Jag kan bara ärligt säga att jag

experimenterar med olika aktionsmetoder men att det inte
är någon direkt planering.

Vi kommer ut på en tom rastgård. Det är omöjligt att
säga om Henrik har släppts eller om vi av praktiska skäl fått
olika tider. Det är molnfritt och lagom varmt för en svensk
sommar. Precis den temperatur jag föredrar, T-shirtvärme
där en kavaj räcker för att hålla kylan borta när kvällen
kommer. Jag lutar mig mot gallret på husets utsida för att
kunna se lite av friheten utanför. Jag ser bara tingsrättshuset
mittemot och lite av den mörka instängda gatan mellan hu-
sen. En våning ner har de byggt en bro mellan polishuset
och domstolen. Jag tänker på "Suckarnas bro" i Venedig
som går från domstolen i Dogepalatset till det gamla fäng-
elset. Det sägs att namnet kommer från suckarna när fång-
arna för sista gången kunde se dagens ljus. Kommer jag le-
das genom den korridoren när det blir rättegång? En mås
landar plötsligt precis vid gallret, bara några decimeter från
mig. Den tittar lite tveksamt på mig och flyger sedan iväg,
som att visa hur lätt det är att bara lämna. Jag påminns av
att det inte finns något fysiskt som håller mig kvar. Visst är
galler, murar och ståldörrar ett hinder men det som verkli-
gen gör att jag är kvar här är någons vilja. Ett beslut på ett
papper som alla rättar sig efter. Några meter bort är en helt
annan värld. Just nu känner jag att jag kapitulerar under det
tvång jag är utsatt för. Jag erkänner för mig själv att jag
hellre hade följt måsen ner på kajen nedanför. Känslan av
frihet är dock fortfarande kvar i mitt hjärta, jag har bara an-
passat mig till situationen. Ingen bestämmer hur jag spen-
derar tiden här inne och tids nog får jag utrymme att fort-
sätta mitt arbete på ett mer konkret sätt. Jag vänder mig nöjt
om och går bort till Rickard som sitter på bänken och kisar
mot solen.

När jag kommer tillbaka till cellen känner jag mig osäker på mina tidigare tankar. Jag har ingen rätt att säga till andra hur de ska agera för att lindra klimatklimatkatastrofen. Vi har alla en moralisk rättighet att agera för att rädda liv. Jag kan klart se ett värde med aktioner som handgripligen skrotar fossilindustrin oavsett om det görs anonymt eller helt öppet. Det finns historiska exempel som talar både för och emot anonyma sabotage och jag måste ärligt talat säga att jag inte vet vad som påverkat mest. Jag har svårt att avgöra om det gynnar motståndet eller inte men jag tror vi bör experimentera med det snarast. Om det är en hemlig grupp som vill nedmontera fossilindustrin så är det upp till dem. Tiden får utvisa om det är rätt eller fel. Jag har dock själv inte det som krävs, jag avskräcks just nu av de hårda straffen och jag klarar inte heller att agera anonymt. Jag sitter på läktaren och då ska man vara mycket försiktig med att uttala sig. Den enda trovärdighet jag har är om jag gör det själv. Visa genom handling istället för att prata i teoretiska termer om vad andra behöver göra.

Vid kvällsmaten frågar jag vakterna om vi kan gymma och duscha imorgon. Jag har märkt att det är lättare att få beviljat om man är ute i god tid. Jag påminner dem igen om att vi vill ha gemensamhetsvistelse med andra intagna snart. Eftersom de glömde penicillinet får jag ringa på klockan i cellen och samma Kafkaliknande procedur med medicineringen upprepas om igen.

På kvällen ligger jag i min säng med brickan med papprena i knät och en kopp te bredvid mig. Min arbetsplats är riktigt mysig och hemtrevlig, det känns tryggt på något sätt. Jag bestämmer mig för att sammanfatta min egen inställning till motståndet. Jag påminner mig om min mest grundläggande övertygelse, jag agerar av kärlek och för kärlek till allt levande. Det är därför jag sysslar med icke-våld. Jag tror också det är mest effektivt, men det är sekundärt. Jag kan inte skada någon människa varken fysiskt eller psykiskt. Jag kan inte ens skrapa lacken på en SUV på grund av vetskapen hur ledsen ägaren kan bli. Vid sidan av fredligheten är ärligheten central. Det började med att jag var tvungen att vara helt ärlig mot mig själv för att kunna agera. Den ärlighet har utvecklats till en öppenhet och ärlighet mot min omgivning. Vi är alla i samma båt och då måste vi vara sakliga, lyssna på vetenskapen och visa varandra respekt genom att inte ljuga, förvränga eller missleda. Att agera i hemlighet för att undvika straff är för mig inte förenligt med att vara uppriktig. Kanske kan jag hitta ett sätt att kombinera dem senare när läget är värre men just nu måste jag agera öppet.

Ensamhet

Häktet Jönköping, måndag morgon den 31:e juli

Måndag igen. Denna vecka blir det häktesförhandling men jag känner ingen inspiration att förbereda mig. Jag har inget att tillägga och jag vill inte förnedra mig genom att be dem släppa mig med hänvisning till att aktionsperioden är slut. Jag pratar lite med Rickard och han är av samma åsikt.

Jag har varit lite ofokuserad på sistone så jag bestämmer mig istället för att strukturera upp mitt liv. Ny vecka, nya mål. Det är dags att komma igång med träningen. Jag skriver ner ett schema med olika övningar som jag ska göra varje dag. För att motivera mig skriver jag upp en tabell där jag kan följa progressen.

Nu har jag gott om tid att öva upp mig i någon färdighet. Sedan förut har jag lärt mig jonglera med tre bollar. Det hade varit kul att testa hur svårt det är att jonglera med fyra. Om jag knycklar ihop papper så kan det fungera som bollar och om jag vill ha lite mer tyngd så kanske det fungerar att fukta in dem med vatten. Jag bestämmer mig också för att ha ett mål för mitt skrivande utöver dagboksanteckningar och ostrukturerade tankar. Debattartiklar är färskvara och förresten måste man följa samhällsdebatten för att de ska bli bra. Jag bestämmer mig istället för att experimentera med att beskriva detaljer i cellen så ingående jag kan utan att det blir tråkigt. Jag tycker det verkar vara ett ganska kul projekt.

På förmiddagen kommer det in en vakt och hämtar Rickard till förhör. Jag passar på att jonglera lite. Det finns två sätt att jonglera med fyra bollar. Antingen kastar man upp från ena handen till den andra eller så jonglerar man två bollar i vardera handen oberoende av varandra. Trots att det är lite fusk börjar jag med att jonglera två bollar i vardera handen. Det går inte så bra så jag måste börja lite mer grundligt. Jag har svårt att bara jonglera två bollar med bara vänsterhanden så jag bestämmer mig för att fokusera på endast det momentet de närmaste dagarna.

Dörren öppnas och Rickard kommer tillbaka.

"Hur gick det?", säger jag.

"Som väntat. Inga nya frågor, bara samma gamla tjat om hur många diken jag grävde igen och om jag köpte spadar på Biltema."

"Jag förstår inte poängen med de nya förhören. Kanske förväntar de sig att vi skall säga något nytt, men vi har ju redan varit öppna med allt."

"Jag tror de måste hålla ett förhör inför den nya häktesförhandlingen", säger Rickard.

Dagen flyter på och jag är nöjd med mina nya aktiviteter och förväntansfull över att se hur jag kommer utvecklas framöver. På eftermiddagen får vi möjlighet att besöka gymmet igen. Jag tränar rodd, cykel och på den där skidmaskinen. Armhävningar och situps spar jag till cellen. Efter träningen ligger vi i våra sängar. Rickard läser och jag försöker beskriva klottret på väggen. Går det att tyda vem som har skrivit det och vilken sinnesstämning de hade? Jag studerar om det skrivits snabbt eller långsamt och hur kraftigt personen tryckt med pennan. Det är svårt att beskriva, jag får inget flyt och det blir mest en massa uppräkningar av iakttagelser. Men det gör inget, jag mår mycket bra just nu. Jag är varm och mjuk i kroppen efter duschen och träningen. Utmaningen är precis så stor att jag successivt kan utvecklas utan att bli uttråkad men ändå ha en uppgift jag kan jobba med länge.

Sent på eftermiddagen öppnas dörren och en vakt kommer med dagens brevskörd.

"Du skall på förhör nu", säger hon och tittar på mig.

"Okej", säger jag och lägger breven på min säng.

"Lycka till, hoppas du får en kopp kaffe för besväret", säger Rickard med ett leende och jag kan ana en ironi i hans röst.

Jag följer med vakten i labyrinter av korridorer fram till ett förhörsrum. Jag ser att det är samma poliser som förra förhöret. Jag sätter mig på stolen mitt emot dem. Efter formalian lägger hon en karta över mossen på bordet och frågar:

"Kan du lite mer i detalj berätta var du befann dig på området?"

"Nej, det har jag redan berättat."

"Vi undrar mer specifikt om du även befann dig här", säger hon och pekar på ett område nära den markering jag gjorde vid förra förhöret.

"Ingen aning, jag hade ingen GPS med mig."

Förhörsledaren fortsätter att fråga om detaljer för inköp, hur jag kom till mossen, var jag grävde och var jag bodde. Jag hänvisar till det jag sagt under tidigare förhör och svarar "Inga kommentarer" på frågor som är relaterade till de andra. Jag orkar inte ta upp klimatet eller skadligheten i torvbrytning. Jag har sagt tillräckligt förra förhöret och jag har gott om tid att komplettera till rättegången. Nu vill jag bara tillbaka till min cell. Efter några minuter säger en av poliserna:

"Jaha, då tror jag vi är klara. Om du inte själv har något att tillägga." Inga frågor om jag tänkte åka tillbaka och gräva och inga frågor om ledarna eller vem som planerat.

"Nej, får jag gå tillbaka till cellen nu?", säger jag. De ser nöjda ut. Jag kan inte avgöra om förhöret bara var formalia eller om de förstår att jag inte kommer säga mer nu och att de därför känner sig klara.

"Ja, men du får vänta tills vakten kommer."

Tillbaka i cellen ser jag en lapp ligga på golvet precis innanför dörren: "Du är bäst och värst. Älskar dig Pontus. Rickard. Ps Behåll tofflorna."

"Underbara Rickard, nu är du också släppt. Du förtjänar verkligen att åka hem och träffa dina barn nu", tänker jag.

Nu är jag alltså ensam. Jag sätter mig i sängen och tittar igenom mina brev. Jag har fått ett kort från ÅV med en bild från Overshootfestivalen i Malmö. Jag sätter upp den på anslagstavlan. Sen har jag fått brev från Elvin, Jonas, Tina och Rufus. Nilla har skickat ett paket med två av böckerna som jag beställde. Det känns lite tomt i cellen utan Rickard men också ganska skönt att vara helt ensam. Åtminstone just nu. Jag får en märklig känsla av att jag är sist kvar. Rent rationellt förstår jag att Ebba och Helen kan vara kvar men jag kan inte slita mig från känslan av att jag är helt ensam nu.

Dörren öppnas och jag kväver impulsen att hoppas på att bli släppt.

"Dags för kvällsmat."

När jag går bort till matvagnen känner jag mig lite irriterad. Varför kan jag inte släppa tanken att bli släppt? Det finns inget som säger att jag inte kommer att sitta flera veckor till. Det kommer bli outhärdligt om jag börjar tolka varje litet tecken som en närstående frigivning.

Efter kvällsmaten spanar jag ut genom fönstret i hopp om att se någon som vinkar. Jag vet att de inte kan stå i timmar bara för att ge mig en signal men det hade varit kul om jag hade sett en banderoll upphängd där nere på torget. Jag vet att det inte är bra för mig att spana ut så jag slår på TV'n istället. Innan jag somnar tänker jag på hur märkligt det är att man kan känna gemenskap bara genom vissheten att någon av mina vänner sitter här i en cell bredvid mig. Jag känner nu igen samma ensamhet som jag kände när jag blev inlåst i Helsingborg efter att jag ensam hade klättrat över staketet till flygplatsen. Då hade vi bestämt innan att ingen behöver vänta på mig för det var oklart vart de skulle köra mig och hur länge jag skulle sitta. Då väntade ingen utanför och ingen kommer vänta utanför mig den dagen jag släpps härifrån. Tanken gör mig inte sorgsen, jag blir bara lite melankolisk. En del av jobbet som aktivist är all den underbara gemenskapen, en annan del är att sitta helt ensam själv med sina tankar. Jag vänjer mig igen på tanken att sitta länge och den temporära längtan att bli släppt försvinner.

Häktet Jönköping, morgon tisdag den 1 augusti

Jag vaknar som vanligt tidigt, runt sju. Det känns bättre nu på morgonen. Idag vill jag inte att något oväntat ska hända. Jag vill få rutin i mina nya sysslor och jag ser redan fram emot kvällen då jag nöjd kan se tillbaka på att jag tränat och fått en del skrivet.

Det är redan augusti och sommaren rinner ifrån mig. Jag hade hellre sett att det var november, eller ännu hellre februari. Då gör det inte så mycket om man tappar några veckor, sommaren däremot är värdefull. Just nu skulle jag vilja ta ett dopp i Billebjer, stenbrottet utanför Lund. Men det går ingen nöd på mig. Nilla och jag har spenderat tre veckor på norra Öland och vi kommer precis från en vecka på Hopp och motstånd, en ickevåldsträning och retreat som hålls varje år. Denna gång var det i Boråstrakten och vi hade planerat lunchbad i sjön varje dag. Jag minns tillbaks med glädje sommaren 2021 när jag, Johanna, Ester, Veronica, Sara, Ellen och Elvin var ute på mobiliseringsrunda för att skapa nya lokalgrupper för Extinction Rebellion i Skåne. Då hade Elvin varit tydlig att det skulle vara bad varje dag.

Jag kan inte släppa tanken på att de håller mig fortfarande. Tror de att jag har varit med och planerat trots att jag denna gång bara var deltagare på aktionen? Kanske förutsätter de att jag är ledaren för att jag är en vit medelålders man. Poliserna har förut haft svårt att se att det inte är jag som är ledaren eller hjärnan bakom. Det har hänt att polisen går direkt fram för att prata med mig trots att det är andra personer som redan har sagt att de är poliskontakt och sköter kommunikationen. Eller ser de att jag precis är släppt från fängelset och vill statuera exempel genom att hålla mig mycket längre än alla andra. Det är ingen mening att spekulera men jag känner en liten oro.

När jag hämtar frukosten försöker jag snegla på de andra dörrarna. Det står inte "Vegan" framför någon av de dörrar jag passerar. Jag känner att en ny fas i häktningen börjar nu. Jag kommer att minnas den här tiden som då jag satt ensam. Men det gör mig inget, så länge jag vet förutsättningarna så är det inga problem att hantera situationen. Det som är jobbigt är osäkerheten och de tvära kasten mellan tvivel och visshet.

Jag börjar som vanligt med frukostkaffet och tänker på hur ensam hela rörelsen är. Vi är inte fler än att jag känner de flesta aktiva i Sverige till namn eller utseende. Vi sticker ut från majoriteten var vi än är, både i debatten och på gatan. Det finns en delad ensamhet i aktivismen, för de som går före. Det är därför det är så jobbigt. Vi är alla flockdjur som vill passa in och när det skaver känner man oro, rädsla och osäkerhet. I perioderna mellan aktioner kan man därför fyllas av en tomhet och ett tvivel. Har vi fel, det är kanske inte så allvarligt som vi tror? Tvivlet är nödvändigt, inte bara för att undvika att fastna i en bubbla, utan för att det är naturligt när man går emot den allmänna normen. Det är säkert därför det delas så mycket vetenskapliga artiklar om klimatet mellan aktivister, trots att vi redan läst så det räcker för att vara säkra i vår övertygelse. Vi behöver gå igenom kunskapsläget om och om igen för att vara helt övertygade om att vi har rätt. I ensamheten finns också en sorg över våra medmänniskor, att inte fler agerar för vår överlevnad, som ett tvivel på mänskligheten. Jag tror därför det är otroligt viktigt att vi möts socialt och berättar om våra känslor och gemensamt pratar om den fruktansvärda situation vi befinner oss i. Kanske kan vi då lindra den existentiella ensamheten som alltid finns i besluten man tar och den repression man drabbas av. Målet med det moraliska beslutet är alltid kollektivt, som motvikt till den upplevda avskildheten från majoritetssamhället. Kärleken är aldrig ensam.

Jag smörar mina mackor och dricker min juice. Efter frukost skall jag träna och skriva ner mina resultat.

Då öppnas dörren plötsligt och en vakt syns i öppningen.

"Du skall släppas. Samla ihop dina saker så kommer jag tillbaka om en stund."

Kognitiv dissonans

Häktet Jönköping, tisdag den 1 augusti

Vakten stänger dörren och jag sitter ensam kvar med förvirrade känslor. Det här väntade jag mig inte. Det känns helt overkligt, om en liten stund kommer jag vara ute i stan i sommarvärmen. Jag har svårt att föreställa mig hur det kommer kännas men i magen finns en pirrande förväntning, som när jag var liten och vaknade upp till julafton. Samtidigt känner jag mig obstinat. Vad betyder det att de släpper mig? Har de straffat mig tillräckligt eller tror de att jag har blivit rehabiliterad och inte är ett hot mot samhället? Jag vill ha en förklaring som jag vet att jag inte kommer få. Jag lägger mig på sängen och har ingen brådska att samla ihop mina grejor. Alla mina planer på arbete och sysselsättning är nu helt plötsligt borta. Jag blir arg över att de så självklart bestämmer över mitt liv. Det som irriterar mig mest är tanken på att de säkert tror att jag är glad och tacksam. De har ingen aning om vad jag känner. Jag hade gärna suttit några veckor till, men jag måste medge att det också känns spännande att komma ut. Det finns i alla fall inget jag kan göra åt det. Jag kan ju inte vägra bli släppt, hur skulle det se ut?

Jag äter upp mina mackor och rafsar ner mina papper och böcker i den bruna papperspåsen vakten lämnade innanför dörren. Jag förstår inte varför han gav mig tid att samla ihop mina saker när det inte tar mer än några sekunder att packa. Kanske är det bara för att ge mig lite omställningstid och att erbjuda en möjlighet att vänja mig vid tanken. Efter ett tag kommer samma vakt tillbaka och jag följer honom genom korridorerna till receptionen. Inne vid disken står flera vakter och framför dem ligger min svarta sopsäck som jag packade ner mina saker i när jag blev förflyttad till Jönköping.

"Hej, dags att åka hem nu", säger en av vakterna med ett leende.

"Ja, nu ska jag hem till familjen och laga en vegansk lasagne. Det har blivit en tradition", svarar jag. Min tid här inne är över för denna gång. Jag behöver inte längre upprätthålla den reserverade relationen med vakterna. Nu kan jag vara mer personlig och vänlig.

"Låter bra, här är dina kläder och de saker du hade med dig. Du kan byta om i rummet där borta."

"Tack," säger jag. "Jag vet att jag har varit lite kylig mot er när jag varit inlåst men jag vill bara säga att jag uppskattar att ni agerat professionellt. Jag förstår att det är svårt att arbeta på ett häkte men det är också svårt att vara intagen. Det är ni som har nycklarna och mitt liv är helt i era händer. Det gör att det inte går att ha en vanlig jämlik social relation mellan oss här inne. Jag har skrivit ett brev till er där jag förklarar mitt agerande. Det kanske också ger er en bättre förståelse för oss intagna."

Jag lämnar över brevet till en av vakterna som ser mycket förvånad ut.

Jag låter dörren till omklädningsrummet vara öppen men sätter mig på bänken mot hörnet där vakterna inte ser mig. I häktet vill vakterna alltid ha uppsikt över en, om man inte är inlåst i cellen. Just nu befinner jag mig i ett limbo, jag vet inte om jag är intagen eller släppt, så jag är osäker på balansen mellan integritet och säkerhetsregler. När jag byter om märker jag att mina gamla kläder är fulla med torv, så det blir ganska skitigt på golvet.

När jag är klar går jag ut till disken och överlämnar mina häkteskläder och säger: "Det blev lite smutsigt där inne med all torv. Ber om ursäkt för det."

"Tänk inte på det. Har du möjlighet att ta dig hem?", säger en av vakterna.

"Ja, jag har fortfarande mitt kontokort så det är väl bara att gå ner till stationen och köpa en biljett antar jag. Däremot har jag en del saker som jag misstänker är beslagtagna. De skulle jag vilja göra anspråk på."

"Du får ta det på polisstationen. Den ligger vägg i vägg med oss."

Vi önskar varandra en trevlig dag och jag går direkt in till polisstationen genom en dörr. Jag kommer in i väntrummet och ser en barnfamilj som står vid automaten för kölappar. Jag ställer mig bakom dem och väntar på min tur och ser att de ska hämta ut pass. På bänkarna sitter några pensionärer och i hörnet står ett gäng ungdomar och skrattar. Alla är prydligt och snyggt klädda. Själv känner jag mig som någon sorts märklig skogsmänniska med min regnrock och stora gummistövlar som jag har på mig fast det är soligt ute. Jag sätter mig på en bänk lite avsides eftersom jag misstänker att jag inte luktar så gott heller. Det är många före mig men det gör ingenting. Om det är något jag är van vid nu så är det att vänta. Jag försöker känna lite glädje att vara släppt men jag känner bara den bekanta tomheten blandat med en overklighetskänsla som jag känt så många gånger förut. Det brukar ta ett tag innan jag kan njuta av att vara fri. Medan jag sitter och väntar tänker jag tillbaka på när min dotter Hedvig blev släppt.

Malmö, hösten 2021

Extinction Rebellion hade flera helger haft demonstrationer för klimatet på vägarna i Malmös innerstad. I familjen hade vi bokat aktionen i kalendern sedan länge, så jag, Thea, Hedvig och Nilla tog Pågatåget till Malmö på förmiddagen. Vi visste inte då att polismyndighten denna gång hade bestämt sig att sätta stopp för oss. Efter att polisen hade burit iväg oss från gatan sattes vi i bilar och kördes in till polishuset. Jag och Thea var de sista som anlände till stationen, vilket visade sig vara lyckosamt för oss. Cellerna var fulla så vi skjutsades istället iväg till hamnen och släpptes. Därefter skyndade vi oss tillbaka till återsamlingsplatsen för att se vilka polisen valt att låsa in. Några personer saknades fortfarande, däribland Hedvig. När jag fick tillbaka min telefon från gömstället så försökte jag ringa men fick inget svar. Jag och Nilla tog, tillsammans med några andra aktivister, på oss ansvaret för arrestsupport.

Efter att ha besökt en affär där vi köpte lite mat, öl och chips att bjuda på när de släpptes begav vi oss till polishuset. Utsläppet är oftast en anonym dörr utan markeringar så det är svårt att veta exakt var vi skulle vänta. Efter att ha frågat några poliser som gick av sitt skift satte vi oss mitt emot i Rörsjöparken på ett par filtar. Några nyfikna råttungar vågade sig närmare och närmare oss medan vi satt och knaprade på chipsen i väntan på beslutet att ungdomarna skulle släppas. Alla djurungar är ändå rätt lika. Man kunde se hur de hämtade mod från varandra och busigt gjorde framryckningar mot oss för att sedan ängsligt springa iväg till flocken för att söka trygghet. Jag och Nilla pratade om hur vi trodde Hedvig hade det. Hon är en stark tjej och hon visste precis vad hon gav sig in på. Men man vet aldrig hur man känner när man är inlåst första gången. Var hon ledsen? Ångrade hon sig eller känner hon den där friheten som man kan känna som inlåst? Som förälder är det speciellt att veta att ens dotter sitter inlåst i en cell. Hon är vuxen och det finns ingen som kan övertyga henne att göra något hon inte vill. Men tvivlet finns där i alla fall. Har vi gjort rätt som föräldrar? Plötsligt öppnades dörren och i öppningen stod en leende tjej vinkande mot oss. En sten föll från mitt bröst, jag såg direkt att hon var glad och stolt. Hon hade överkommit sin bekvämlighet och rädsla och agerat efter vad som var rätt.

Efter välkomnande kramar satte vi oss på filtarna för att vänta på de andra som skulle släppas strax efteråt. Hon berättade att allt hade varit bra. Poliserna och väktarna hade varit snälla och tiden hade gått ganska snabbt. Hon hade spelat häktesbasket med en tillknycklad papperslapp som hon kastade mot sina skor. Som pappa var jag mycket stolt, hon tillhör den lilla historiska skara som vågar göra motstånd i en mörk värld.

Polisstationen Jönköping, tisdag den 1 augusti

Stoltheten jag såg i Hedvigs ansikte stärker mig nu. Jag unnar mig att känna en liknande stolthet. Två veckor i häkte för att vi återskapade mossen och stoppade Neovas destruktiva verksamhet. Jag känner mig nöjd med min arbetsinsats. Idag fanns ingen som välkomnar mig, men det gör ingenting. I brist på sällskap tar jag upp några av korten från min bruna plastpåse. Jag läser på ett kort från Madeleine: "Världen kommer inte förstöras av onda aktörer, utan dem som står vid sidan och tittar på." Jag ser mig om bland de andra personerna i väntsalen och känner att det finns ett avstånd mellan oss, jag tillsammans med personerna i breven från påsen och de runtomkring mig. Jag ogillar dem absolut inte, men de beter sig som allt är helt normalt. Ingen oro och inget som är fel, samtidigt som världen brinner.

Det plingar till och det är min tur. Jag gör anspråk på allt som är konfiskerat, spadar, tält, sovsäckar, walkie-talkies, liggunderlag och mina personliga saker som mobiltelefon och dator. Jag får skriva under en lapp om att det är mitt. Jag protesterar lite och säger att vi äger sakerna gemensamt, men jag gör anspråk på det. Men det hjälper inte, det valet finns inte på blanketten. Jag misstänker att mina anspråk kommer att göra mig ännu mer misstänkt som ledare eller bakom planeringen men det struntar jag i. Vi måste få tillbaka våra grejor.

När jag kommer ut på gatan vet jag inte vad jag ska göra. Jag kan inte njuta av friheten. Hade det varit kväll hade jag kanske gått till en av uteserveringarna och tagit en öl. Nu är jag inte sugen på någonting. Jag vandrar norrut förbi kajen och lämnar häktet bakom mig. Jag stannar och vänder mig om. Tredje våningen, andra fönstret från vänster är vår cell. Det kanske redan sitter en annan person där inne och tittar ut mot mig. För en timme sen var jag inte ens betrodd att ta min egen medicin. Nu bryr sig ingen om mig, var jag är eller vad jag gör. Rättsväsendet är helt anonymt. Beslutet att häkta eller släppa mig tas helt utan känslor. Det finns ingen person att prata med bakom kulisserna. Vakterna och polisen är endast statister. Frågor som om det är rätt att stoppa den dödliga torvbrytningen står obesvarade. Samhällsmaskinen maler på, det finns andra ärenden att hantera. Effektivitet är dess mål, det är inte dess uppgift att avgöra vad som är moraliskt rätt.

Det är molnfritt och augustivarmt men ingen vågar bada i Munksjön. Jag stoppar ner min regnjacka i påsen och ser mig runt omkring. Överallt runt omkring mig är det bilar, nästan ingen promenerar. Jag bestämmer mig för att gå in på gågatorna istället. Det är en omväg till stationen men jag har ingen brådska. Ingen vet att jag är släppt och jag har ingen telefon. "Jag dyker väl bara upp där hemma", tänker jag. Jag passerar några av uteserveringarna som jag såg från fönstret. På tallrikarna ligger designad mat inspirerat av något kockprogram. Jag blir bara äcklad när jag ser det och går istället in på pressbyrån och köper mig två äpplen, den enda fräscha mat jag kunde hitta. Jag ber dem fylla på min vattenflaska men får ett nej som svar.

Inne på Hoppets torg bland gågatorna slipper jag bilarna. Jag sätter mig på en av bänkarna och äter ett av äpplena. Inte för att jag är hungrig, men jag är inte redo än att gå till stationen och hoppa på tåget hem. Jag måste få lite tid för att ställa om. Det finns säkert något trevligt ställe i Jönköping där jag kan vila lite men jag kan inte staden så bra. Istället ser jag nu bara folk som passerar med fulla kassar, H&M, Lagerhaus och Naturkompaniet. Hur mycket har dessa varor förstört på sin väg ner i kassen? Jag känner mig obehaglig till mods, en krypande känsla hur fruktansvärt fel allt är. Jag har läst om kognitiv dissonans inom klimatpsykologin. Ett obehag som grundar sig i den inre konflikt som uppstår mellan vad vi vet och vad vi gör. Hur många känner överhuvudtaget något obehag och om de känner sig illa till mods hur många minskar sin dissonans genom att bara blunda för de katastrofer som står runt hörnet? Jag känner själv ingen dissonans, bara ett avståndstagande.

Jag vandrar de två hundra meterna ner till stationen. Jag går in i pressbyrån för att köpa biljetter. Framför mig står två damer i pensionsåldern. I handen har de rullväskor med adresslappar. Glatt pratar de om en restaurang med utsökta skaldjur på kanten till Atlanten. Jag förstår att de har varit på Teneriffa många gånger förut. Jag klarar inte av att lyssna så jag går ut ur butiken för att vänta tills de är klara. Överallt ser jag nu tecken på förstörelsen. Det slår mig hur smidigt allt går så länge du spelar med. Samhällsmaskineriet tvingar oss att acceptera och vara delaktiga i det här destruktiva livet. Vi stöps in i en normalisering som bygger på ökad konsumtion utan mål eller riktning. Moroten är bekvämligheten och piskan är exkludering, hotet att hamna utanför. Försöker jag slippa de onödiga förpackningarna så får jag själv slänga dem i containern utanför butiken. Vill jag semestra med tåg så drabbas jag av ett bokningshelvete och förseningar som omöjliggör varje planering. Bestämmer jag mig för att inte äta djur så marginaliseras jag som en bråkstake. Gör jag motstånd mot de som förstör våra liv och ruinerar vår framtid så tvingas jag med våld. Jag har inget mer att hämta här, det finns ingen jag vill prata med och det finns inget mer jag ensam kan göra här. Det är lika bra att åka hem.

Epilog

Lund, 6 februari 2025

Det är nu över ett och ett halvt år sedan vi var i Bredaryd och återställde Flymossen. Rättssystemets kvarnar maler långsamt så jag kommer kortfattat redogöra för vissa hållpunkter runt vad som hänt i rättsfallet och de viktigaste händelserna i motståndet.

Under hösten fortsatte Återställ Våtmarker med motorvägsblockader i Stockholm vilket resulterade i fem veckors häktning för de inblandade vilket jag tror var repressionens kulmen för den här gången. Därefter har vi haft flera friande domar både i tingsrätten och hovrätten. Ett ärende kommer att avgöras i högsta domstolen senare under 2025. Åklagaren yrkade på sex månaders fängelse för mig i Lunds tingsrätt för demonstrationståget på Tranebergsbron men vi blev alla friade från sabotage. Domen överklagades inte.

Senare under hösten blev jag och några vänner från Flymossen kallade till personundersökning hos kriminalvården. Det är en intervju som ger ett underlag till tingsrätten för vilken kombination av villkorligt, samhällstjänst, fotboja eller fängelse som de bör döma till. Frågorna om umgänge med andra kriminella och och kriminellt beteende brukar skapa en del diskussioner. Jag antar det beror på hur man definierar begreppen.

Under våren deklarerade Återställ Våtmarker seger runt våtmarkerna. Vi hade lyckats folkbilda och skapa opinion runt våtmarker och alla politiska partier i riksdagen vill nu återställa våtmarker för klimatet. Regeringen har, efter våra påtryckningar, våtmarker som ett av tre prioriterade klimatmål. Marknadsvärdet för vår kampanj, med alla tidningsartiklar, radio och TV, uppskattades till runt en miljard svenska kronor. Jag har inte hört någon som tvivlar på att vårt arbete är en grundläggande orsak till segern. Därmed lämnar vi arbetet att faktiskt få upp tempot i återställning av våtmarker till andra, som har tillgång till grävskopor. Vi fokuserar nu istället helt och hållet på ett enda mål - förbjuda torvbrytning.

Direkt efter att vi deklarerade seger över våtmarkerna gjorde vi gemensam sak med den lilla byn Grimsås i Västergötland på gränsen till Småland. De har under många år kämpat en ojämn kamp mot fossildraken Neova som vill starta ett torvbrott på deras mosse, som ligger direkt i anslutning till byn. Företaget Nexan, som är den största arbetsgivaren i bygden och äger en tredjedel av mossen, motsätter sig också torvbrytningen. Ett dammande torvbrott hotar hela deras produktion av känslig fiberoptik. Varken kommunen, länsstyrelsen eller de lokala samhällsföreningarna vill ha torvbrytning i Grimsås. Därför åkte vi dit under Kristi himmelsfärd 2024 och pluggade igen diken för att rädda den levande mossen från uttorkning i den kommande sommarvärmen.

Eftersom Neova är ett statligt finskt bolag bestämde vi oss för att även sätta press på finska regeringen och sprida information om hur de beter sig i Sverige. Så i slutet av maj stormade vi finska ambassaden på Gärdet i Stockholm med torvsäckar i händerna. Två aktionsteam lyckades ta sig in på ambassaden och utanför hade vi en högljudd demonstration. Frågan var därmed väckt i vårt grannland.

Några veckor senare, i juli 2024, åkte vi till Grimsås med uppgiften att anlägga ett naturreservat. Under tre veckor hindrade vi Neova att förstöra mossen samtidigt som vi byggde en promenadrunda på mossen med spångar och broar. Vi satte upp informationsskyltar om naturvärdena och berättelsen om "Slaget om Grimsås mosse". Mitt på mossen byggde vi ett torn för fågelskådning. Sista dagen hade vi invigning av naturreservatet tillsammans med Grimsåsborna och inbjuden press. För Neova var säsongen över och det blev ingen torvbrytning det året.

I slutet av sommaren åkte Återställ Våtmarker för första gången över till Finland för att påverka. Tillsammans med finska XR, Elokapina, sprayade några personer riksdagshusets pelare röda för att informera politikerna om hyckleriet att de bryter torv i Sverige samtidigt som de tar emot miljarder i EU pengar för att fasa ut torven i Finland. Aktionen gav ett enormt internationellt genomslag och det debatterades torv i veckor efteråt i Finland.

Senare den hösten, över ett år efter att vi satt häktade, kom till slut brevet från tingsrätten med ett stämningsbeslut. Vi var misstänkta för grovt olaga intrång och skadegörelse och huvudförhandlingen skulle hållas i december. Så vi hade några månader på oss att förbereda försvaret.

Samtidigt som rättegången förbereddes, startade Återställ Våtmarker arbetet med en plan för aktioner mot flygindustrin som kommer äga rum under april 2025.

Planen lanserades genom att entren till Landvetter, Arlanda och Sturup sprayades ner med röd färg. Målet med att stoppa flyget våren 2025 är fortfarande att förbjuda torvbrytning och med riktigt störande aktioner så tror vi att vi snabbare når fram.

Ett par veckor innan vår rättegång för Flymossen avhandlades aktionerna i Sävsjö som var, likt Flymossen, en del av aktionsveckorna mot torvindustrin sommaren 2023. Åtalspunkterna var desamma, grovt olaga intrång och skadegörelse. Alla åtalade friades på båda punkter av Eksjö tingsrätt. Efter den läxan la åklagaren i vårt mål till en åtalspunkt till, egenmäktigt förfarande, för att försöka få till en fällande dom.

Rättegången, för oss 22 åtalade från Flymossen, hölls i december i Jönköpings tingsrätt. Förundersökningen var massiv, 1400 sidor, och den beräknades pågå i en hel vecka. Efter tre dagar var vi klara. Styrkan att vi var många, väl förberedda, som med våra personligheter speglade olika delar av fallet gjorde att det var den bästa rättegång jag någonsin varit på. Torvindustrins skadeverkningar och klimatkatastrofens akuta omfattning var hela tiden centralt.

Eftersom rättegången avslutades tidigare åkte vi på torsdagen ut till Konungsö mosse utanför Jönköping och firade att mark- och miljödomstolen tidigare beslutat att förbjuda Neova att bryta torv på mossen. Därefter åkte vi till Grimsås mosse för att göra lite arbete i dikena. Till vår förvåning var det en grävmaskin på plats som föraren snabbt övergav när vi närmade oss. Därefter kom polis, grep oss och låste in oss för grovt olaga intrång på Borås polisstation, trots våra protester att allemansrätten gäller. Efter anhållan och runt ett dygn i cell släpptes vi och har nu ännu en misstanke som kan leda till fängelse.

I januari 2025 kom domen. Vi blev friade på alla punkter. Neova förfasades över att domen kommer få katastrofala följder för torvindustrin, vilket vi verkligen hoppas. Flera borgerliga tidningar samt branschtidningar hängde på och kritiserade tingsrätten för inkompetens, okunskap och att vara politiskt styrd. Vi kontrade med att vi uppskattade uppmärksamheten och uppmanade alla att nu gå ut på sitt lokala torvbrott och gräva igen diken.

För en vecka sedan fick vi besked om att chefsåklagaren i Jönköping tagit över ärendet och överklagat till hovrätten. Idag blev jag kallad till ännu en personundersökning hos kriminalvården. Polisen och åklagarna fortsätter sin vendetta mot fredliga aktivister, påhejade av Neova som nu anlitat flera jurister i fallet.

Samtidigt läser jag i tidningen idag att januari var 1,75 grader varmare än förhistorisk tid. Havsnivån värms upp fyra gånger snabbare än på 1980 talet och accelerationen i uppvärmningen är mycket värre än vad forskarna har förutsett. Trumps senaste utspel är att annektera Gaza, vad som kommer hända med palestinierna är oklart. I Sverige hotas fredliga demonstranter med utvisning, för att endast ha hållit en banderoll på allmän plats. Jag vet att jag för resten av mitt liv måste leva i ett motstånd mot en mer och mer destruktiv värld. Om man inte ser vad som händer så har man valt att blunda. Om man inte agerar på det man ser så är man inte mänsklig.